在少女眼中看見地獄

夏懸——著　MoMo-Li——繪

永續圖書線上購物網　讀品文化事業有限公司
WWW.foreverbooks.com.tw　yungjiuh@ms45.hinet.net

鬼物語系列 10

在少女眼中看見地獄

作　　者　夏懸
出 版 者　讀品文化事業有限公司
執行編輯　王惠蘭
美術編輯　姚恩涵

總 經 銷　永續圖書有限公司
TEL／(02)86473663
FAX／(02)86473660
劃撥帳號　18669219
地　　址　22103 新北市汐止區大同路三段 194 號 9 樓之 1
TEL／(02)86473663
FAX／(02)86473660
出 版 日　2016年01月

法律顧問　方圓法律事務所　涂成樞律師
CVS代理　美璟文化有限公司
TEL／(02)27239968
FAX／(02)27239668

國家圖書館出版品預行編目資料

在少女眼中看見地獄 / 夏懸著. -- 初版.
-- 新北市 : 讀品文化, 民105.01
面 ; 　公分. -- (鬼物語系列 ; 10)
ISBN 978-986-453-023-6(平裝)

857.63　　104024570

在少女眼中看見地獄

當魔鬼中了邱比特一箭

被撕裂的正義

在少女眼中看見地獄

在少女眼中看見地獄

一、地獄屠夫

近日網路上流傳一種名為地獄屠夫的召喚儀式，與血腥瑪莉相似，同樣具有故事背景與召喚流程。地獄屠夫真名為亞伯特，美國殺人狂，在二十世紀中連續殺害超過一百位孩童，因罪孽重大連地獄都容不下他的存在，因此死後他的靈魂仍在人間遊蕩。地獄屠夫與血腥瑪麗不同的地方在於，該儀式的目的是用來取人性命，若你有位恨之入骨的仇人，只要採取以下步驟，即可與地獄屠夫簽訂仇殺契約。

準備一個水桶。

砍死一隻狗，將狗的內臟掏出，放入水桶碾碎

收集你所恨之人的毛髮與指甲，與狗的血肉一同攪拌。

劃破你的手掌，將你的鮮血灑入其中，並在心中默念亞伯特三次。

完成以上步驟，即可召喚地獄屠夫。

切記！若以上步驟有某個地方出了差錯，可能會惹怒地獄屠夫而導致無法想像的慘劇發生，若要實行儀式，請務必謹慎小心。

黃天哲對著手上這份文章蹙眉。「現在還有人信這鬼東西喔？」

鐘翼輝嘆了口氣。「謠言就是這樣，當一群人都在謠傳的時候，它就會成真，雖然我也對砍死一隻狗這點感到疑惑，地獄屠夫不是殺人狂嗎？殺狗做什麼？」

「你們別再抱怨啦。」王青祥說：「案件嫌疑人都說是地獄屠夫搞得鬼，在完全沒有線索的情況下也只能往這方向查了。」

「靠！我說長官，你真信她那套鬼話？」

會議室中三位男子，分別是黃天哲，刑警大隊偵一隊警員、鐘翼輝，A市分局少年隊隊長與A市分局局長王青祥。

分局長王青祥應警政署指示成立專案小組，臨時召集黃天哲與鐘翼輝協助偵破A市豪宅三屍命案。由於案件被害人與嫌疑人均為名門「私立寒御中學」的學生，加上犯罪手法極度殘酷，情節離奇特殊，基於極可能影響社會秩序與各種大人們的理由，專案小組被要求限時破案且過程必須低調謹慎。身為小組指揮者的王青祥感到壓力重大，決定聘請國內知名超心理師李欣喬擔任專業顧問。

對王青祥此舉感到不悅的黃天哲說：「此案明顯就是嫌犯裝神弄鬼，故弄玄虛，找神棍來根本只會幫倒忙。」

王青祥說：「那你就相信一個未成年少女能一口氣把三個人大卸八塊嗎？」

「她肯定有共犯。」

「現場只採集到她與被害者的指紋，鑑識人員勘驗後也未發現第五人的蹤跡，鄰居也表示，在他傍晚出門買晚餐時，只見她們四人一同進屋。」

「第五人是那位鄰居出門後才進屋裡的，所以目擊報告根本不準確。」

「好，若真如你所說的有共犯參與，那為何案發現場完全沒發現第五人的腳印與指紋？」

鐘翼輝舉手打斷兩人。「那個……我可以問一下，李欣喬現在不也是專案小組的一員嗎？那麼她人呢？」

「抱歉，我來晚了，路況不太好。」

說曹操曹操就到。

李欣喬穿著殷紅色雙排釦風衣，內搭白色襯衫與黑色鉛筆褲，髮型為斜瀏海鮑伯頭，容貌秀氣，身形小巧玲瓏，看起來就像剛步入社會的新鮮人。

「感謝妳百忙之中抽空過來。」王青祥起身為她拉椅子，讓她坐在鐘翼輝身旁、黃天哲的正對面，之後再坐回自己的位置，拿起遙控器開啟投影機說：「既然全員到齊，刻不容緩，我們來重新整理一次案情。」

十二月十日，A市郊區某棟豪宅發生重大命案，一位少女去同學家玩，在荷爾蒙叛逆的催發下，大家肆無忌憚喝起酒來，少女不勝酒力，一下就暈倒了。凌晨兩點，少女發現自己昏睡在朋友家客廳的地板上，然而才剛起身，便赫見恐怖的血腥場景。

斷掉的手臂、大腿、內臟與鮮血灑了整個客廳到處都是，現場屍骸遍野，極度血腥，彷彿像是有頭猛獸闖入其中，將在場所有人都碎屍萬段。

嚇著的少女從血池中倉皇逃到玄關，卻見有位男人佇立在大門口前，男人戴著不祥的灰狼頭套，身穿皮質圍裙，手中還拿著一把不斷滴落鮮血的剁骨刀……

少女再度暈了過去。

隔日，少女同學的家人回國返家，發現自宅中的恐怖慘狀後立即報警。警方到達現場，由於現場勘驗後並未發現第五人的蹤跡，便將在場的少女列為頭號嫌疑犯，目前已將她轉至A市分局拘留所等候審訊。

少女在移送拘留所途中，只喃喃自語地不斷重複一句話。

「……地獄屠夫……是地獄屠夫，現在他要來向我討命了……」

黃天哲搖搖頭說：「還真會扯，這世上要是真有這種東西，我看殺手都要失業了吧？」

「是的，地獄屠夫純屬虛構。」李欣喬以不符她青澀容貌的成熟口吻說道：「在過去記載魔鬼交易的文獻中，地獄屠夫並不存在。這可能是某位無聊的網路人士創來愚人的流言，還刻意將美國連環殺手亞伯特費雪的罪行作為屠夫的背景設定，大概只是想增加真實度。」

「既然連妳都否認地獄屠夫的存在，那留妳這超心理學家在這裡也沒什麼用了。」

「天哲，注意你的口氣。」王青祥板著臉說：「身為刑警，你難道不知道李欣喬小姐是什麼人嗎？」

「當然知道，就是宣稱用超自然力量把味安集團董事長失蹤女兒的遺體找回來的神棍。」

「黃天哲，你這話擺明就是藐視李欣喬的專業，你知道過去……」

話還沒說完，李欣喬對王青祥亮掌示意由她自己來解釋就好，王青祥點頭後，李欣喬便說：「黃警官，我知道你不相信超心理學，也就是所謂的靈學，而我也很坦白，我不會讀心術，也沒有陰陽眼，但我有自信能說出你為何討厭像我這類靈學人士的原因，怎麼樣？不是想知道我到底真有本事還是純屬吹牛嗎？」

黃天哲抬起鼻頭說：「好啊，現在就讓我見識見識。」

「是你的父親對吧？」

此話一出，黃天哲身子微微顫抖一下。

「你父親曾沉迷於新興宗教，是宗教狂熱者，因此被神棍騙了很多錢，讓你小時候受了很多苦，所以你才會對我抱有敵意。」

黃天哲感到有些震驚，因為這件事他從未告訴任何人，更不用說初次見面的李欣喬。

「妳怎麼知道？」

「你的戒指。」李欣喬指著黃天哲左手小指上的金戒指說：「首先，戒指戴在小指上代表不是婚戒。其次，每當提到地獄屠夫或者是我發言時，你都會下意識摸你的戒指。再者，戒指黯淡無光，應該是長期配戴而氧化，雖然也可能是撫摸而染上皮膚表層油質的關係。但你衣著整潔，容貌乾淨不留鬍渣，加上當你將手臂放在桌上時，還會刻意不讓手錶碰觸桌面，你應該有些潔癖，也很愛惜個人物品。不過卻只有那枚戒指沒有保養，於是我想那枚戒指肯定對你意義重大，人們不保養私人物品有兩種原因，第一種是此人隨興，沒有愛惜物品的習慣。但如前言所說，你不是這種人，所以就只剩下第二種，那就是該物品是某位人士遺留下來的，那位人士對你很重要，所以你才會原封不動配戴那枚戒指，這是緬懷過去的一種表現。最後，將以上推論結合便能得到一個結論，那就是那枚戒指並不是你的，而是你的父親，至於為何敢肯定是父親，因為你那戒指款式粗獷陽剛，我出於女性直覺認為那是男性戒指。」

黃天哲呆若木雞，內心震撼激揚。

這女人非同小可。

他之所以將這枚戒指保留原狀，正是為了警惕自己不要像父親一樣受到宗教人士的控制，不過現在他卻有所動搖，他已經被李欣喬給控制住了。

「精彩。」

鐘翼輝鼓掌稱讚。

「沒什麼，這只不過是巴納姆效應在作祟而已。」

李欣喬冷聲說道。

黃天哲挑起一邊眉頭。「巴納姆效應？」

「簡單來說，人會認為他人對自身的觀察與敘述是正確的，星座心理分析為何廣受歡迎就是這樣的原因。若你把雙魚座的個性貼給巨蟹座的人看，然後跟他說這是巨蟹座的性格分析，他會相信的機率高達八成，這是有實驗根據的。」

「所以意思就是說，妳剛全都是胡說八道？可是妳又全部都說中了，這到底是？」

「你如果仔細回想，就可以發現我的推論有很大的破綻，畢竟戒指也有可能是你哥哥或者是其他男性親戚的。」

「但我沒有哥哥，而且這枚戒指真的是我父親的。」

「這就是巴納姆效應，一個人身上的細節有分成不同等級，若被我說中最高等級的細節，對方就很容易被撼動而認為自己被我看穿了。」

「原來如此……」

王青祥說：「這就是警政署同意我邀請她擔任顧問的原因，她具有高觀察力與跳躍性思維，對於一件案子，她能瞬間躍過繁雜的偵查過程直達真相，所以過去就已經有在暗中協助警方解決幾起特殊刑案。不過可能是那幾起案件有涉及到政商利益，所以沒參與那些案件的黃天哲你才不知道她的事情吧？」

李欣喬注視黃天哲的雙眼說：「就是這樣，特殊刑案之所以特殊就是因為它們缺乏邏輯，而跳躍性思維讓我不受邏輯限制，所以遵循邏輯思考的人往往總會認為我有特異功能。但其實只要是跟我一樣具備相同思考模式的人都能夠做到，味安集團那件事，也純粹只是媒體為了收視率而加油添醋罷了。」

「好，我知道了。」黃天哲將原先靠在椅背上的身子擺正。「對於先前的話，我道歉，我現在認同妳的專業能力。」

「那現在回歸正題。」王青祥望向李欣喬。「對於該案，妳有什麼推論？」

「解離性人格疾患，這就可以解釋為何現場沒有第五人蹤跡，因為第五人就是少女本身！」

解離性人格疾患，比較常見的說法就是人格分裂，一具肉體存在複數自我意識，並且擁有原人格不具備的知識與性格。促使人格分裂的原因大多認為跟童年創傷有關，這種心理疾病最著名的例子為比利・密里根，也就是真人傳記二十四個比利的主角。如書名所示，比利因坎坷的童年而將人格分裂成二十四位，每位人格各自具有不同國籍、年齡、技能與行為模式。在過往醫學案例中也記錄到許多患者在人格轉變時，能夠說出原先不懂的語言，亦能夠做出超越患者肉體能力之行為。若三屍命案的少女真為解離性人格疾患患者，那麼僅一人就將其他三人大卸八塊是有可能發生的。

「不過解離性人格疾患需要嚴密的醫學診斷，而且這也都只是推論，但警政署要求限時破案，我認為現在直接與嫌疑人接觸是最好的方式。」

「那現在就帶妳去見她吧！」

王青祥說完，專案小組四人一同離開會議室。

二、詭影幻象

A市三屍命案嫌疑人名叫周羽涵，年齡十六，身材纖瘦，秀髮黑直，看起來與普通的高中少女沒什麼兩樣，很難將她與連續肢解三人的殺人魔聯想在一塊。

由於李欣喬過去就有偵訊經驗，因此王青祥放心讓她一人在偵訊室內對周羽涵進行偵訊。

李欣喬觀察周羽涵的肢體動作，發現她雙肩瑟縮，嘴唇緊抿，這是內心極度不安的徵兆。若是這樣直接偵訊，很容易因心理防衛機制而問不出話來，所以現在首先要做的事情就是降低對方的焦慮。

「羽涵，我懂妳的恐懼，我年輕時也曾因玩過碟仙而導致不好的後果。」

與人建立信任最快的捷徑就是和對方分享相似的遭遇，這招很有效，周羽涵原先渙散的眼神已被李欣喬吸引過去，當然，碟仙一事是李欣喬虛構的。

「當時請碟仙，本來只是想問期末考考題內容，我那時讀的學校跟你的高中一樣是名門，校內競爭非常激烈，不過卻意外請來好幾年前曾在晚自習中失蹤的女同學，她說她遭人謀殺，屍體被埋在校舍旁的花圃中。當時我們全員嚇傻，趕緊停止儀式，結果卻因為沒有依照正確流程請碟仙離開，我們這群人便開始遭到襲擊……」

李欣喬說到這刻意停頓觀察周羽涵的反應。語言學研究發現人類對於談話中的停頓非常敏感，只要停〇・八秒，聽者就會產生不適反應，周羽涵的確稍微皺了眉頭，這代表她有在聽李欣喬說話，李欣喬停頓是為了確認對方沒有恍神。

「抱歉。」李欣喬低下頭，故作難過。「當時的事情真的太可怕了，光是一回想就令人難受……」

「……那時候……發生了什麼……」

周羽涵發出微弱的嗓音。

成功引起她的注意了。

現在只要將事件內容與周羽涵的遭遇重疊，就可以讓對方與自己產生完全共鳴。

「參與碟仙的同學，不是騎腳踏車時剎車失靈，要不然就是日記出現很多不屬於自己的字跡……」

李欣喬再度停頓。

解離性人格疾患患者通常可藉由日記來發現其他人格的蹤影，若周羽涵也曾發現日記出現過不屬於自己的字跡，那她具有多重人格的可能性就更高了。但她此時除了蹙眉外並沒有什麼特別反應，很可能不曾有過類似經驗。

那麼，就以見到陌生人這點來試探她好了，畢竟警方將她帶回拘留所途中，她曾多次提過在案發當晚，在玄關處看見手持剁骨刀的男人。

解離性人格疾患患者有時能夠從鏡子、水面倒影看見其他人格的幻象，但直接在真實空間中看見幻象是極度罕見的狀況，就現有的線索整理來看，周羽涵所見的幻象有三種可能：

一、那是她人格的幻象，由於周羽涵當時處於精神不穩定的狀態，因此另一位人格佔據她的意識，使她能夠瞧見對方。

二、那名陌生人是真實存在的男人，也就是黃天哲警官所提的第五人理論。

三、那名男人不是幻象也不是第五人，而是周羽涵為了脫罪虛構出來的！

若周羽涵真的具有多重人格，那案發前肯定早有特殊徵兆，反之則無。

李欣喬說：「在我朋友都出事後，接著輪到我了，我開始會在鏡子中看見陌生女孩的身影，睡覺時甚至能夠聽見她在我的耳旁輕聲呢喃。」

周羽涵聽聞到此，眼神向下，雙手相交，身子顫抖劇烈，彷彿身處冰室，李欣喬發現異狀，乘勝追擊。

「妳好像很害怕，難道妳也有類似的經歷嗎？」

問完，寂靜的沉默降下，過了一會，周羽涵才緩緩點了點頭。

「是從什麼時候開始的？」

「從……從那次召喚儀式後，我每天睡覺時就都能聽見……地獄屠夫憤怒的喘息聲……」

女孩子對周遭環境的變化總是比較敏感，在長達兩百萬年的演化之下，女性眼球的視野比男性還要廣闊。這是因古時候的男性通常從事狩獵工作，為了專心追捕獵物而使水晶體聚焦時較傾向單一目標；女性則除了要照顧孩童，還要隨時注意洞穴周圍有無危險逼近，所以女性除了視野較廣，五官靈敏度也勝於男性。

周羽涵與好友們進行地獄屠夫的召喚儀式後，只要一人獨處在密室，便能聽見除了自己以外的呼吸聲。在淋浴時，洗頭髮那段時光總是異常煎熬，在眼睛無法睜開的情況下，很怕有人站在浴缸外，虎視眈眈望著自己的胴體。某日深夜，周羽涵熟睡時，突然被一聲奇怪的聲響吵醒，隨後她嚇得縮進棉被，因為那道聲音正是來自於衣櫃的門，有人從她的衣櫃走出來了！

鐘翼輝與黃天哲聽從王青祥指示，到刑事鑑識中心聽屍檢報告。

三張屍檢架上各自放置數十塊被切割的人體殘肢，雖然已經被法醫拼為人形，不過其樣貌仍是慘不忍睹。這三具遺體的身分分別是劉妍琪、莊曉玉與朱詩婷，年齡均為十六。

年邁的法醫指著屍檢架上的遺體說：「這三位女孩死亡時間都是在凌晨十二點至一點之間，另外現場血跡鑑識報告指出她們幾乎是同時遭人殺害，如果不是超自然作祟，凶手肯定不只一人。」

黃天哲聽聞，直呼：「我就知道有共犯。」

鐘翼輝接著說：「而且共犯至少要兩人以上，否則無法短時間內肢解三人。」

黃天哲問法醫：「假設你今天要殺人，但不想在殺人現場留下任何蹤跡，你會怎麼做？」

「簡單，只要穿連帽雨衣，手戴矽膠手套，腳包塑料布，保證讓你在犯罪現場像鬼一樣，來無影去無蹤！」

法醫微笑說道。

黃天哲與鐘翼輝兩人離開鑑識中心，與王青祥會合。

王青祥聽聞兩人報告後，伸手摸起下巴。「看來犯人具有反鑑識技術。」

「我早說此案只是嫌犯在假鬼假怪。」

黃天哲說。

「黑道人士會不會與此案有所牽扯？」

鐘翼輝之所以會這麼問，是因為過去與黑道牽扯上的滅門血案現場總是毫無線索、難以偵破。本次案件人所就讀的私立寒御中學，學生家長不是政府高官就是企業老闆，再加上學校財團背後所牽扯的龐大利益關係，或許真有股黑暗勢力潛藏在其中也說不定。

王青祥嘆了口氣。「怪不得上層要我們低調謹慎，否則可能會惹到什麼不該惹的人。」

場景回到偵訊室內，在李欣喬優秀的偵訊技巧下，周羽涵從頭開始交代整個事發經過。周羽涵與死者莊曉玉、劉妍琪、朱詩婷為閨中密友，她們無事不談，無話不說，但這段友誼本該甜蜜美滿，卻因一位男孩的出現而產生裂痕。

人的幸福永遠是建立在他人的不幸之上，當莊曉玉和朱詩婷發現彼此同時喜歡上一位叫羅建忠的同學，兩人便開始暗中競爭，勾心鬥角。不是在對方便當盒中放瀉藥，就是在對方鞋中放大頭釘，周羽涵與劉妍琪認為兩人再這樣下去只會兩敗俱傷，便決定介入其中。

地獄屠夫正是這起紛爭的解決之道。

處於青春期的我們，對於友情、愛情與生命的界線總是劃分不清，在成績就是一切的世代，青少年犯罪率逐步上升，正是因為倫理道德教育缺乏的關係。

少年可以為了金錢偷竊勒索。

少女可以為了愛情彼此殺戮。

周羽涵可以為了挽回昔日情誼而犧牲從未交談過的陌生人性命。

她與劉妍琪按著網路上的教學一步步完成儀式，結果不知道是哪個環節出了差錯，儀式完成後沒見到地獄屠夫就算了，之後羅建忠也平安無事，反倒是周羽涵與劉妍琪兩人的生活開始出現異狀。

劉妍琪一人步入小巷時總能聽見背後有腳步聲在跟著她，周羽涵在睡夢中總是能感覺有人在撫摸她的手臂。

十二月十日當天，劉妍琪因家人出國工作的關係，三層樓高的豪宅徹夜無人，她很害怕，決定找周羽涵一起過夜。周羽涵此時想到個好點子，她邀約朱詩婷與莊曉玉且故意跟兩人告知對方不會去，所以當她們見面時差點大打出手。但看在周羽涵的面子上決定暫時休戰，四人在有些尷尬的氛圍下喝起高粱酒來，結果周羽涵因不勝酒力昏倒，醒來後便身陷A市豪宅三屍命案的犯罪現場中。

偵訊結束後，專案小組成員互相交流各自意見。

黃天哲仍認為周羽涵為凶手且與不明數量的人共同犯案。

鐘翼輝看法與黃天哲相似，但認為凶手並非周羽涵，而是某個具有反鑑識技術的團體所為。

李欣喬在聽完周羽涵的口供後，由於周羽涵遭遇的怪事都是在進行召喚儀式之後發生的，因此她暫時保留多重人格這項推論，並大膽假設羅建忠很可能是此案關鍵人物。先不說儀式本身的真偽，如果羅建忠知道周羽涵曾想藉由超自然力量對他不利，那他會不會暗中報復周羽涵？

王青祥聽聞成員各自意見後，擬定接下來的偵查方向，專案小組兵分兩路，鐘翼輝與黃天哲負責調查周羽涵的班級，看看班上有沒有同學能提供對案情有幫助的線索。李欣喬則是拜訪周羽涵的家庭，調查周羽涵過去有無精神病史，王青祥認為先解決多重人格之疑惑，往後調查案情會比較輕鬆，畢竟上層多次要求他此案必須儘速偵破。若周羽涵真有精神疾病，勢必得跟心理醫師與律師周旋導致案件審期延長，到時他的分局又要多一樁未解懸案了。

三、急轉直下

李欣喬依王青祥給予的地址來到周羽涵的住處。周羽涵的住處位於郊區，是棟透天別墅，周父是國內知名程式設計師，周母則是石雕藝術家，兩人在被警方告知女兒涉嫌殺害同學後都非常擔憂。

李欣喬拜訪兩人後，一五一十告訴他們自己的推論，兩人聞之色變，紛紛拿出相簿與周羽涵的日記，向李欣喬證明他們女兒從未有精神方面之疾病，多重人格這項推測根本就是無稽之談。

李欣喬排除多重人格推論後，突然有了新的靈感，或許此案的犯人其實是想藉由誣陷周羽涵來攻擊她的雙親，犯罪動機則很可能與他們各自的事業有關。不過周羽涵的雙親因先前李欣喬的推論而感到不滿，他們拒絕接下來的訪查，將李欣喬關在大門外。

黃天哲與鐘翼輝抵達私立寒御中學，私立寒御中學為國內頂尖中學之一，設有國中部、高中部、高職部與國際部，校內佔地五百公頃，建築設計高雅端莊，猶如劍橋大學再現，學生均來自富家名門，董事會與家長會成員各個都是名震八方的權貴。

為了不驚動社會，校方與警方達成共識，只要是與寒御中學有關的案件均不得公開。至於學生方面，校規也有規定學生不得發佈有損校譽之事，若被發現，校方將不接受任何解釋直接開除該生學籍。在發達的網際網路上校方也有對策，他們在學生會中設立糾察暗隊，暗隊成員身分皆為機密。這導致學生雖知暗隊存在，卻無法得知自己身邊的同學到底是不是暗隊成員，在退學懲處與未知的威脅下，自然沒人敢隨便洩漏校內資訊。

周羽涵的班級為高中部普通科二年一班，在與導師溝通好後，基於調查不公開原則，黃天哲以校外講師講座作為掩護，在視聽教室的放映室設立簡易偵訊室，一次偵訊一位學生，由黃天哲負責審問，鐘翼輝負責紀錄偵訊內容。

隨著偵訊進行，黃天哲發現周羽涵與死者三人似乎為班級中的邊緣團體，她們鮮少與其他同學互動，同班同學除了知道她們是死黨外，其他事情一律聲稱不清楚。這使黃天哲情緒越來越低落，因為若沒人知道周羽涵到底是為了什麼才把自己的好友殺死的話，那麼周羽涵為凶手這項推論將失去立足點，這會使他覺得自己好像輸給了李欣喬……

沒錯！雖然黃天哲先前曾對於自己藐視李欣喬的言論道歉，但仍無法接受李欣喬一副什麼都懂的姿態，只能說男人好勝的自尊心總是在不適當的時機作祟。

「抱歉，我下課時間都在圖書館，所以並不是很了解周羽涵她們的事情……」

棕髮藍眼的女孩說道。

「謝謝，這樣就可以了。」黃天哲目送她步出放映室後，露出微笑說：「她應該是混血兒吧？長得可真漂亮。」

鐘翼輝拍拍黃天哲的肩膀說：「你在少年隊隊長面前說這樣的話好嗎？」

「我純粹誇獎，沒有別的意思。」

黃天哲不悅的解釋，隨即望向班級名單，高喊下一位同學的名字。

「羅建忠同學，請進。」

喊完，無人進入放映室，於是黃天哲又喊了一次，但過了幾秒，依舊沒人進來。

「話說羅建忠不就是周羽涵召喚地獄屠夫要殺的人嗎？」

鐘翼輝問。

黃天哲說：「是啊！不過人是跑哪去了？」

此時放映室的門打開了，但進來的人卻是班導師。

只見他臉色蒼白地說：「羅同學他……他出事了！」

「什麼？」

黃天哲與鐘翼輝齊聲驚呼。

兩人在導師帶領下，在男廁中發現了上吊身亡的羅建忠。

羅建忠身形瘦小，臉上的痘疤猶如月球表面，光是看到一眼就讓人倒胃口，更不用說他的舌頭因頸上勒緊的皮帶而吐得老長，下半身也因死後脫糞現象導致排泄物流得到處都是。

黃天哲這時率先聯想到周羽涵的口供。

果然她所說的話全都是謊言，鬼才相信莊曉玉和朱詩婷會為了這醜八怪反目成仇，不過現在有更重要的事情要處理。

「喂！這到底怎麼回事？」

黃天哲抓起導師的衣領怒問。

導師慌張地說：「羅、羅同學剛跟我說要去洗手間，結果之後就一直沒有回來，我聽到你的呼喊聲後去找他，才發現他……他居然……」

導師不忍悲痛，涕泗橫流，黃天哲卻狠狠將他壓至牆上。

「你哭什麼？自己學生跑去自殺都不知道，你這老師怎麼當的？」

「好了！」鐘翼輝連忙將黃天哲拉開：「事情都發生了，罵也沒用，先調查他為何突然自殺比較重要。」

黃天哲「嘖！」的一聲，鬆開了手。

鐘翼輝向王青祥報備後，王青祥派了幾位人手處理羅建忠的自殺現場。鑑識人員從羅建忠褲子口袋中發現手機，但手機上了電子鎖，鐘翼輝到校外請求電信業者幫忙，電信業者花了四個鐘頭總算解碼成功。鐘翼輝檢查手機簡訊、通訊軟體ＡＰＰ與相簿，赫然在相簿中發現Ａ市豪宅三屍命案的現場照片，照片的視角是由玄關處望向客廳內部，周羽涵就倒臥在那片血泊之中，而她身旁還有數十塊被肢解的屍塊。

三屍命案調查至今從未公開案情內容，但羅建忠手機內卻有犯罪現場的照片，很明顯只有一個答案可以解釋。

鐘翼輝緊急上報王青祥，王青祥立即派人搜查羅建忠住宅，隨後便在羅建忠房裡找出灰狼頭套、皮質圍裙與大型剁骨刀，三樣物證被帶回警局化驗。隔日結果出爐，三樣物證經魯米諾測試均產生血跡反應，ＤＮＡ鑑定也與死者莊曉玉、劉妍琪、朱詩婷三人吻合，剁骨刀握柄也有羅建忠的指紋，這使羅建忠從自殺者瞬間躍級為殺人犯。王青祥向警政署報告案情調查結果後，最終此案以羅建忠畏罪自殺為由結案，專案小組瞬間解散，周羽涵也被釋放，後續處理由校方與警方高層接手，三屍命案在永不見天日之下畫上句點。

顯然黃天哲對這樣的結果不是很滿意，在專案小組解散當晚，他在

A市分局內與王青祥起了爭執。

「拜託！就算羅建忠是男生，他也不可能同時將三個女生肢解吧？而且他手臂沒什麼肌肉，光拿菜刀都會抖了，何況是大型剁骨刀？」

「那周羽涵就有辦法揮動剁骨刀嗎？別忘了她可是女生。」

「我又沒說是她動的手，肯定是其他共犯搞得鬼，否則根本不可能同時把三人肢解。」

因上層高壓逼迫，不想再與該案有任何牽扯的王青祥只冷冷回了一句：「證據會說話，你就別執著了。」

「我證你老母！」

隔日，黃天哲便遭停職處分。

四、夢魘教室

周羽涵被釋放後，在家休養三天三夜，之後返校繼續就學。

步入教室，她發現劉妍琪、莊曉玉、朱詩婷、羅建忠這四人的座位都不見了，彷彿他們打從一開始就不存在。還有即便自己身陷三屍命案，教室的同學注意到她到校後，也沒產生特別反應。

無人缺席，無人被殺，也無人自殺。

寒御中學普通科二年一班，安安逸逸。

對，什麼事情都沒發生。

只要這樣想就好了，只要這樣相信就沒事了。

周羽涵抱著如此想法在自己的座位上坐下，像正常的學生從書包拿出課本與筆袋，此時，一張小照片突然隨著課本抽出而掉了出來，她彎下腰將小照片撿起，發現那是一張四位女孩在大頭貼機台前扮鬼臉的照片。

眼前的視線模糊起來，溫熱的淚水從臉頰上滑落。

明明是曾一同歡笑、一同悲傷、一同耍白癡、一同討論未來夢想的朋友，怎麼可能光憑移除她們的座位就否定掉她們曾經存在的事實？

周羽涵一時情不自禁，渾身顫抖緊捏著照片失聲哀號，閒聊聲充斥的教室頓時沉寂下來，所有同學都將目光投往周羽涵。

「好奇怪……」周羽涵站起身來，對注視她的同學們說：「你們真的太奇怪了，這個班級可是死了四個人啊！你們為什麼還可以一副什麼都沒發生過的樣子？」

顫抖的嗓音迴盪在教室之間，但同學們聽聞後，只紛紛露出一副恍然的神情，隨後又各自回首，繼續做剛剛未完之事。

「無視我是嗎？很好……」周羽涵抹去眼上的淚水，站起身來，打算奔上講台秀出她與劉妍琪她們合拍的大頭貼，她要全班同學與她一樣意識到自欺欺人是沒用的，虛假的謊言勝不過真實的情感，但正當她剛跨出第一步，一隻手猛然抓住了她的左臂。

「別責備同學了。」

背後傳來輕柔的女聲，但周羽涵卻不禁感到脊椎發寒。

悲憤的情感煙消雲散，隨之而來的是無窮的恐懼。

緊抓周羽涵左臂的手鬆開了，一個嬌小的身影步入她的視線中，那是一位棕髮少女，蓬鬆的雙馬尾上各自豎著粉白色蕾絲髮帶，水藍色的瞳孔透露出她具有西洋血統的事實。

棕髮少女走到周羽涵面前，背對著她說：「羽涵，妳難道忘了嗎？妳現在扮演的角色是邊緣人，所以班上的同學不理妳是很正常的事情喔。」

此時的周羽涵身子僵如化石，完全無法動彈，只有牙齒本能性地打起顫來。

棕髮少女回過首來，彎腰看向周羽涵手中緊握的照片。

「哎呀，沒想到妳居然還留著這樣的東西，我真失策，現在就來把它處理掉吧。」

棕髮少女說完，伸手取走周羽涵手中的照片，周羽涵在恐懼侵蝕下，只能眼睜睜看著棕髮少女一步步將那張照片撕成碎片。

「人要向前看，活在過去的話只會傷害自己喔。」

少女鬆開了手，照片的碎片像雪花般飄散開來。

唯一的記憶就在自己眼前被人撕裂，一聲如玻璃破碎的聲響從周羽涵的心裡響起。

「妳……妳太過份了！」

周羽涵伸手掐向棕髮少女的脖子，同一時間，教室爆發巨大的騷動，下一秒，周羽涵的頸部已被一群同學用美工刀、原子筆、鉛筆、三角尺、剪刀、雕刻刀、圓規架住，現在只要稍微動一下，她的喉間馬上就會湧出海量鮮血。

棕髮少女無奈地嘆了口氣。「妳看看妳，才剛上學就破壞教室秩序，看來妳受到的教訓還不夠，還想再試一次嗎？」

語畢，棕髮少女在周羽涵面前亮起自己的左掌，白皙的左掌心內，有一道約三公分長的刀疤，傷口因結痂的關係而呈現深紅色。

近日網路上流傳一個謠言，如果你發現跟你勢不兩立的仇人手掌心突然多道刀疤，那你就只能祈禱那道疤，最好不要是與地獄屠夫簽下仇殺契約後所遺留的刀疤。

自從參與特殊刑事案件搜查後，李欣喬才知道這世上還有許多從未浮上檯面的命案，這些命案多半牽扯政商利益，若是曝光可能會引發社會集體恐慌。她之前協助警方偵破喬西食品公司執行長失蹤案就是這麼回事，當她發現執行長被凶嫌帶入食品加工廠後就再也沒出現時，她就不再吃喬西食品公司旗下的產品了。

但即便過去的特殊刑案搜查從未公開，不過至少有始有終。然而，這次豪宅三屍案結束的太過突然，讓她不禁懷疑背後是否有什麼力量在作祟。總而言之，她想繼續深入調查，而曾身為案件嫌疑人的周羽涵肯定知道些什麼，於是她在三屍命案結案後就一直觀察周羽涵的生活作息。頭三天周羽涵幾乎都在家，似乎是在調心養神，到了第四天，她穿上學校制服，上學去了。私立寒御中學校門把關嚴格，身為外人的李欣喬不能任意進入，於是她待在車上，等待放學時間。

傍晚，幾隻燕子在血色天幕下盤旋飛舞，校車一輛輛駛出大門，不過周羽涵的家離學校只有四條街的距離，所以她沒有搭校車。

很快，李欣喬就見她從學生專用道步出校園，不過校門口此時被家長接待車與校車佔據，車流極度壅塞，她決定直接下車，步行跟監。

周羽涵曾說過有不明人士會跟在她背後，甚至還在夜晚闖入她的房裡，所以李欣喬暫時不與周羽涵進行接觸。若周羽涵沒有說謊，那麼那位不明人士肯定與案情有重大關聯，如果能在跟監時幸運逮到那位不明人士，真相或許就能水落石出。

周羽涵經過紅綠燈後進入超商旁的小巷，這條羊腸小徑是直通周羽涵住處的捷徑，李欣喬早上觀察她上學時一樣也是走同一條路，不過就在李欣喬準備踏入巷口時，突然一位陌生人搶先步入其中！

那人頭上包著黑色外套的連身帽，臉上還戴著口罩與墨鏡，一看就知道心懷不軌，李欣喬擔憂地緊跟在後。果不其然，當周羽涵走到小徑深處時，那黑衣人立刻奔起步伐，意圖對她不利，李欣喬立即大吼：

「喂！住手！」

黑衣人嚇了一跳，轉身過來，結果李欣喬早已躍上前給他一記泰式膝擊，墨鏡頓時破碎，黑衣人重重摔倒在地。

李欣喬過去曾為了深入宗教奧祕而周遊各國，因此習得一身異國武術，武術能夠幫助人進入無我狀態，進而接觸無量大千世界。

周羽涵被李欣喬的舉動嚇著，她驚慌失措地問：「妳……妳怎麼會在這裡？」

「先別管這個，我剛看這傢伙在妳背後鬼鬼祟祟，我想他應該就是先前跟蹤妳的人。」

「咦？」

「我現在要掀開他的口罩了，妳來看看是不是妳認識的人。」李欣喬說完，立即掀開黑衣人的頭套與口罩，一張熟悉的臉孔映入眼簾。

是黃天哲！

「黃警官，請問你想對周羽涵做什麼？」

黃天哲摀住流鼻血的臉孔說：「靠！我才想問妳踢我做什麼？」

隨後，黃天哲說出了他因不滿調查結果而被停職一事，李欣喬得知後，理解他跟自己一樣是想獨自查出真相，便伸出手，將他從地上拉起。

黃天哲拍了拍褲管上的灰塵，轉身對周羽涵說：「既然現在事情都演變成這樣，我就打開天窗說亮話，三屍命案的凶手，就是妳周羽涵！」

「不、不是的！」周羽涵慌張地說：「是地獄屠夫！那晚我親眼看見了，他就拿著刀在玄關那看著我……」

「別再騙了！妳為了包庇其他共犯就給我隨便胡扯，羅建忠也是妳威脅他去自殺來幫妳頂罪對吧？」

李欣喬介入兩人之間，撐開雙手護住渾身發抖不已的周羽涵。

「黃警官，打從我第一次與你見面開始，你就一口咬定她是凶嫌，我想請問你到底從何而來的見解讓你如此深信不疑？」

「因為她沒死。」

「所以你的意思是凶殺案的倖存者就是犯人嗎？」

「犯人闖入室內將三位少女剁成碎片，其手段之凶殘明顯就是要致她們於死地。但周羽涵卻奇蹟似的倖存下來，如果她是因躲起來而僥倖逃過一劫我還沒話說，不過她卻與受害者屍體共處一室，甚至還毫髮無傷，除非犯人與她認識，否則怎麼想都很奇怪。」

「也有可能是羅建忠想嫁禍給周羽涵才留她活口，你瞧你現在說的這些推論，搞不好就是羅建忠本來所設想好的結果。然而卻因沒計算到你們會去學校進行偵訊，所以畏罪自殺，警方也在他的房裡搜出灰狼面具、剁骨刀與皮質圍裙，這與周羽涵在案發現場見到的男人裝扮一致。說實話，你的推論我完全不認同。」

「妳不認同是妳家的事，給我讓開。」

黃天哲伸手強行將李欣喬往旁推開，李欣喬便以防身擒拿術將他的手腕向下扭去，當下讓黃天哲失聲哀號。

「好痛！妳這瘋女人做什麼啦？」

黃天哲屈膝跪地，手臂被李欣喬反折而無法動彈。

「周羽涵，或許有點突然……」李欣喬以冷絕的口吻說：「現在我要請妳在二十秒內跟我說實話，否則黃警官的右手將會因妳而殘廢！」

「靠！妳是中邪喔？快放手啦！」

黃天哲臉部因劇烈疼痛而漲紅，周羽涵也因李欣喬此舉過於唐突而一臉蒼白。

「已經過了五秒了，周羽涵，妳真的想讓這男人因妳而斷送刑警生涯嗎？無法持槍的刑警就只能轉文職了呢。」

李欣喬說到這還冷笑一聲。

「住手……」

周羽涵緊握雙拳，額冒冷汗。

「十秒鐘。」

「拜託了，求妳住手吧……」

「十五秒了，原來妳是那麼無情的人，那我看我還是直接折斷他的手比較實在，反正時間到了妳也不會說。」

「不是的！」周羽涵緊抓著百褶裙大吼：「如果我說出真相，地獄屠夫會把你們通通都殺死的！」

李欣喬此時鬆開了手，走到周羽涵面前問：「地獄屠夫不就是羅建忠嗎？他已經自殺死了，請問要怎麼殺人？」

「他不是地獄屠夫，也不是自殺死的……他是被真正的地獄屠夫給殺死的！」

「妳為什麼會這樣認為？還有……」李欣喬強行拉起周羽涵的雙手說：「妳兩隻手掌心都沒有傷痕，地獄屠夫召喚儀式不是需要劃破手掌嗎？別跟我說劃破手掌的是劉妍琪，我看過她遺體照片，她的手掌也沒刀疤，請問這樣是要怎麼召喚地獄屠夫？」

「所、所以我不是說了嗎？我們就是因為步驟做錯才會觸怒地獄屠夫……」

「既然觸怒了祂，那祂為何沒有殺死妳？地獄屠夫不是殺人不眨眼的惡靈嗎？而且仔細想想，進行儀式的人只有妳和劉妍琪，地獄屠夫沒有理由殺死莊曉玉和朱詩婷吧？說到底，這一切都是妳的謊言！」

「我沒有說謊，地獄屠夫祂真的存在！」

李欣喬將雙手放在周羽涵的雙肩上說：「我相信妳這句話，只是與祂建立仇殺契約的人另有他者，沒錯吧？」

語落，周羽涵不禁倒抽了一口長氣。

五、恐怖真相

蘇玥晴，這是她的名字，她是在九月底時轉來我們班上的。

她膚色很白，像剛出生的嬰兒。她留著一頭蓬鬆的棕色長髮，還有一雙如寶石般水潤的藍眼睛。由於當時還是夏季，又是轉學生的關係，她只穿著一件淡藍色的洋裝，乍看之下就像尊精緻的陶瓷娃娃，惹人憐愛。

我想這就是我對她反感的原因……該怎麼說呢？就連身為女生的我都覺得她很漂亮，那班上的男生們就更不用說了。

啊！我忘了說，其實在二年級分班之前，我與劉妍琪、莊曉玉、朱詩婷各處於各自班級的頂點，在分班後，我們四人因成績優秀的關係被編到同一班，不過一山不容二虎，何況是四個人？在分班後，我們拉攏周遭同學擴張勢力，彼此暗中競爭放冷箭，很好笑吧？都高中了還在搞小團體……

話說蘇玥晴真的是很厲害的女孩，才剛轉來班上就掀起一股旋風。她頭腦很好，即便老師上課內容都已經有一個進度在了，她還是能考出好成績。下課時也很活躍，會跟大家聊有關外國家鄉的事……好奇怪，身為名門學校學生的我們，出國幾十次都是很正常的事，但她只不過是具有澳洲血統，大家就覺得她說的話比較特別，國外的月亮比較圓就是這意思嗎？

劉妍琪私下找我休戰是十月初的事情了，會找我休戰大概是因為她那團的女生都去投靠蘇玥晴的關係吧？即使蘇玥晴本來就沒有搞小團體的意願，但同學們還是以她為中心繞著她轉，她就像磁鐵一樣，一個個把我們底下的奴僕吸收過去……

我會稱同學為奴僕的原因，是因為他們為了討好我，我說什麼他們都願意做。但局勢變了，縱使大家沒有明講，蘇玥晴成了這班級的頂點的確是事實，這搞得連莊曉玉和朱詩婷都跑來與我們和解……當共同的敵人出現，原本互看不順眼的人就會團結起來，我們四人放下過去的歧見，每天都在討論如何整死蘇玥晴的對策，結果隨著我們聚在一起的時間增長，我們之間的隔閡就越來越少。

劉妍琪是鋼琴巧手，彈奏出來的音符猶如天籟，我們去她家開作戰會議時都會請她演奏幾段樂曲，好讓我們憤怒的心情能獲得平靜。

莊曉玉的母親是知名保養品公司的老闆，所以我們常從她那取得許多免費的保養品。

朱詩婷的父親是時裝設計師，時常邀請我們參加時裝秀，還能夠與知名人士一同坐在特等席觀賞。

她們三人其實也沒原本想像中那麼討人厭嘛。

當我產生這樣的想法時，我便意識到她們在我心中已經佔有很大的地位，我想她們應該也有同樣的想法，否則不可能會聊到彼此的夢想與各自感情的私事。

至於羅建忠呢？他就是世人俗稱的渣滓。

醜八怪、廢物、垃圾、屎人、蠢蛋等等，總之只要是貶低人意思的詞語都是他的綽號。他在一年級時曾因拉肚子拉到褲子上，所以自然就被同學欺負、排擠，升上二年級與他同班後，我還想說我怎那麼倒楣，除了四大天王齊聚一堂，還外加一個討厭鬼，但後來才發現他正是我們扳倒蘇玥晴的最佳利器。

以蘇玥晴來者不拒的態度，就算知道羅建忠是班上的邊緣人，她肯定也會偽善地對他示好吧？她絕對要偽善才行，否則先前努力營造的大好人形象就會不攻自破。於是我們四人命令羅建忠，要他寫一份假情書給蘇玥晴，不過雖說是假情書，可我看羅建忠還是抱有幾分遐想在裡頭吧？畢竟再怎麼說他也是男生，是只會用下半身思考的生物，如果對方真的答應了，他肯定會馬上對她做每天晚上在棉被裡胡思亂想的事情吧？

當蘇玥晴發現她抽屜的情書時，我立刻按照計畫舉起她的手高喊：

「羅建忠寫情書給蘇玥晴耶。」

看到全班男生的表情同時呆愣，我就覺得很好笑，既然想上她就不要搞那麼多無意義的曖昧，看看羅建忠多厲害直接寫情書，真是浪漫又兼具震撼。

劉妍琪、莊曉玉與朱詩婷紛紛圍上，不斷以機關槍式的口吻催促她快點答應，蘇玥晴本來很困擾，一時之間不曉得該怎麼辦，但在某些私下也討厭她的女同學跟著出來煽風點火後，她才總算親口答應了。

那一天放學，我和劉妍琪她們笑到合不攏嘴，一想到今後班上最頂層的蘇玥晴要和最底層的羅建忠交往，我們就感到身心一陣暢快。那天我們還為了紀念這場勝利一起去大頭貼機拍了大頭照，拍完後，我坦然說出能夠與她們成為朋友真的是這輩子最棒的事，希望這段友情以後也能夠持續下去。她們聽完，一致點頭贊成，之後我們又去了很多地方玩樂，那時的我假如有超能力的話，我還真想把時間凍結在那段時光。

在羅建忠與蘇玥晴交往後，班上的氣氛如預料般變得詭異起來，男同學忌妒羅建忠，但又礙於不想被蘇玥晴討厭而無法欺負他。女同學們則因喜歡的男同學為了蘇玥晴吃醋，所以開始憎恨蘇玥晴，一股負面情緒在班上凝聚，隨著惡意持續上升，當劉妍琪提出不如把他們兩人殺死的意見時，大家自然也就不覺得奇怪了。

劉妍琪的興趣除了彈鋼琴外，就是研究超自然，她在學校甚至還有靈異達人的稱號，常常提供同學許多靈學上的意見。而那一陣子學校正流行地獄屠夫的傳聞，她便向大家提議要不要利用蘇玥晴試試看這篇文章的真實度，如果是真的，大家就皆大歡喜，即便是假的也無損失。於是我們照著教學文準備了水桶，並要男生去路邊隨便捉一隻流浪狗，然後在舊校舍進行肢解……忘了解釋，我們學校的舊校舍自從儀式開始後，就一直是我們二年一班的祕密基地。雖然學校校規明定此處禁止進入，加上學生暗隊的制度，照理說學生是無法進出舊校舍的。不過我本身就是學生會暗隊的成員，所以除了能知道其他暗隊成員巡邏時間外，還因每週按時與暗隊監督導師發生關係，因此擁有更改巡邏路線與時間的權力，怎麼樣？私立寒御中學精心建立的防衛網就這樣被破解了，這世界還真是不公平，只要有權有勢，有錢有臉，無論什麼事都能做到。

之後我們威脅羅建忠想辦法取得蘇玥晴的指甲與毛髮，隔日羅建忠便將放有這些東西的小玻璃瓶帶來舊校舍。

將玻璃瓶內的東西與狗的內臟攪成一塊後，便是到了最終步驟，也就是劃破手掌，將鮮血流入其中……

但我們突然在這一階段吵了起來，沒有人想要受傷，很明顯大家都只是抱著玩玩的心態進行這場儀式。對超自然深信不疑的劉妍琪看到大家這樣的態度當然不太高興，她直接拉起羅建忠的手要他劃破自己手掌，不過這等於是要羅建忠殺死自己女友，所以羅建忠很激烈的反抗。他甚至對劉妍琪揮拳，雖然他那軟弱無力的拳頭對劉妍琪來說根本就不痛不癢，不過劉妍琪氣炸了，她賞了羅建忠好幾下巴掌，直到羅建忠失去戰意，才拿出水果刀作勢要砍他的手，結果就在刀子揮下去的那一瞬間，有人將刀子給接住了！

是蘇玥晴！

我們在場的人全部呆若木雞，因為蘇玥晴竟硬生生握住劉妍琪持的水果刀，鮮紅的血如蛇行般從她手中滑落，接著，她只冷冷說了一句話。

「將血滴入其中就是儀式最終步驟吧？那麼，儀式完成了。」

霎時，舊校舍氛圍瞬間凍結，一股無形且巨大的壓力從空中降下，當場讓我喘不過氣來……

劉妍琪驚訝的對蘇玥晴說：「妳是白癡嗎？裡面的指甲和頭髮都是妳的耶，妳是想自己殺自己？」

「哼哼！建忠，你自己跟他們說吧！」

「那……那個，其實這不是蘇玥晴的。」

「那麼那是誰的？」

劉妍琪問。

「不、不知道，我只是收集教室中地上的指甲與毛髮，所以可能是任何人的……」

此話一出，全班頓時陷入騷動，很奇怪，即使不相信超自然，但被人在眼前下咒就是會感到渾身不舒服。

「大家別慌！他只是在嚇人而已！」一位男同學跳出來說：「剛剛那罐毛髮是棕色的，而且有人會在班上剪指甲嗎？應該沒有吧？」

「我有！」

「我也有……」

幾位女同學顫抖地點頭，我猜那位男同學可能不太懂女同學的生態，我們為了讓美麗常駐，無論何時何地都能剪指甲或修飾毛髮，加上將髮色染成棕髮的大有人在，我們根本無法完全否認羅建忠所說的話。

接著，當我回過神來，我發現我居然已經在家裡了，而且竟還縮在棉被中不停打著冷顫。更詭異的是，在蘇玥晴劃破手掌後所發生的事我全都記不清了，我只知道我們做了不該做的事，我們讓蘇玥晴知道我們對她的敵意，還讓她得到地獄屠夫的控制權，這不就意味著她今後將成為我們最可怕的敵人了嗎？

話說回來，這房間怎麼怪怪的？

我掀開棉被，發現這房間的書桌、書櫃與衣櫃都是不曾見過的款式，我立刻驚覺這並非我的房間。

既然不是我的房間，那到底是誰的？而且又是誰把我帶到這裡來的？

奇怪？到底發生什麼事情了啊？

為什麼從那天之後所有事情都變得那麼詭異？

我的記憶就像一副胡亂拼湊的拼圖，開始以不符時間軸的順序放映過往的片段。

戴著灰狼面具的怪人、半夜擅自打開的衣櫃、睡覺時耳旁傳來的呼吸聲……

是地獄屠夫……地獄屠夫要來殺我了……我會死……我會死、我會死、我會死——！

「羽涵！」

房門開了，奔入的人是劉妍琪，她背後還跟著莊曉玉與朱詩婷。

「沒事了，羽涵，我們在這裡，我們會一起陪妳的……」

被抱入懷中後，我才想起我們都是因最近身邊發生太多無法解釋的怪事，所以才會跑來劉妍琪家尋求幫助。

之後，劉妍琪從他父親的辦公間拿出高粱，她說她從網路上有找到一些破解方法，其中一項就是喝高粱，雖然我不懂高粱與地獄屠夫有什麼關連，但在如此危急的情況下也只能照做了……

然後，當我從酒醉中醒來時，我便看到了……

她們三人被剁成碎片的慘狀。

周羽涵哭哭啼啼地述說這段經歷，也說出返校後在教室發生的事情，不過內容零散，支離破碎，她的記憶已經被恐懼扭曲，那雙溢滿淚水的眼再也無法看清真相。

不過李欣喬可以！

在重整故事的來龍去脈，以及從最初到現在所獲得的線索後，她已經看見這起事件背後運行的原理，包括地獄屠夫的真相以及三屍命案案發當天到底發生了什麼，她現在全都理解了。

「周羽涵，我知道妳很害怕，不過妳要勇敢起來，因為現在就只有妳能阻止這一切了。」

「我、我能阻止這一切？」

「沒錯，只要照我的方式去做，我就可以讓妳再也不會受到地獄屠夫的威脅。」

「不、不可能……之前已經嘗試過了，但她們還是都……」

周羽涵臉色發青，顯然又想起令人恐懼的那一晚。

李欣喬露出堅毅的神情說：「拜託了，請相信身為國內知名超心理師的我吧。」

之後，李欣喬要周羽涵動用她身為學生會暗隊成員的權力，想辦法從導師那取得蘇玥晴的轉學紀錄。黃天哲對此感到不解，在周羽涵回家後，他除了憤怒指責李欣喬先前對他做出的殘暴行徑，還說她已經被周羽涵蒙蔽雙眼，因為地獄屠夫根本就不存在！

「地獄屠夫當然不存在，我一開始不就已經說過了嗎？」

「那妳為什麼還跟她說不會再讓她受到地獄屠夫的威脅？」

「那是因為地獄屠夫在她心中已經根深蒂固了，我為了要取得她的信任才配合她。」

「所以現在的意思就是全都是那個叫蘇玥晴的女孩搞得鬼嗎？這太扯了，明明就沒有任何證據。」

「證據就在她上一所就讀的學校。」李欣喬神色堅定地說：「雖然在我得出結論時，我也不敢相信這世上居然有那麼恐怖的事，但若我推論沒錯的話，那她先前就讀的學校，肯定也發生過重大刑事案件。」

終、瞳中地獄

佳吉國小沙坑埋屍案
元華國中營養午餐集體毒殺案
東福高中四少溶屍案
新宏高中連環自殺案
這四起校園刑案全都有一個共通點，那就是這些都是蘇玥晴曾就讀過的學校，且案件都是在她轉學前不久發生的。
「這下總該相信我了吧，黃警官。」
咖啡廳角落處，李欣喬將一份文件遞給黃天哲後這麼說道。
那份文件內容，是蘇玥晴歷年就讀學校所發生的刑案紀錄與當年度各校的班級名冊。她先前請周羽涵調查蘇玥晴前一所高中是哪間學校後，再請少年隊隊長鐘翼輝逐步往前調查。由於其他學校資訊保密程度並不如私立寒御中學嚴謹，加上即使是未成年刑事案件，雖有少年事件處理法存在，但依舊會在警局內建檔，所以很快就能得到一連串李欣喬想要的資料。

黃天哲翻閱文件，訝異地說：「這……這怎麼看都不太像巧合，雖然犯人最後都有落網，但只要比對班級名冊，就能發現這些犯人當時都曾與蘇玥晴同班，不管怎麼看都太詭異了。」

「不過也是這樣才合理吧？任何一件事都是需要反覆做了無數次才能達到完美的境界，犯罪也是同理，她這次做到如此境界，我就知道她以前一定有經驗。」

「可是從國小一路犯案到現在，未成年者真的有辦法做到這種事嗎？」

「別小看他們，一九九七年的酒鬼薔薇聖斗事件，殺害兩名孩童的犯罪者正是年僅十四歲的未成年少年。」

黃天哲放下文件，露出苦笑：「好吧，我認輸了，妳的推理雖然很異想天開，但是這些刑案紀錄還真的滿有說服力的。」

「現在只需要逮到現行犯，就可以請分局重啟三屍命案的調查。」

「不過成功欺騙警方那麼多次的蘇玥晴，真有可能讓我們逮到她的把柄嗎？」

「不太可能，我們這時候就只能寄望『地獄屠夫』了。」

之後，黃天哲按李欣喬的指示在周羽涵住處附近埋伏。依照李欣喬的推論，只要每夜監視周羽涵住處，肯定會發現地獄屠夫的蹤影。果不其然，兩天過後的深夜，黃天哲立刻在周羽涵家的後院逮到剛翻牆進去的地獄屠夫……不，應該說是戴著灰狼頭套，身穿皮質圍裙的少年！

「原來你們就是這樣跟周羽涵裝神弄鬼的啊？」

黃天哲強壓著那位少年笑道，隨後拿起手機撥打李欣喬的電話。

「你好，黃警官。」

「那麼晚了，沒吵醒妳吧？」

「沒有，怎麼了嗎？」

「我逮到地獄屠夫了！果然就跟妳說的一樣，是周羽涵的同班同學……嗚！」

黃天哲的後腦杓突然被什麼人狠狠一敲，意識瞬息黯淡。

「喂？黃警官？你怎麼了？黃警官？」

李欣喬不停呼喊，但黃天哲已陷入昏迷，倒在周羽涵住處的後院。

一隻蒼白小巧的手撿起黃天哲掉在地上的手機。

「……請問是李欣喬小姐嗎？」

「妳、妳是誰？」

「妳不可能不知道我是誰吧？畢竟妳最近不都在調查我的事嗎？」

此時，月光從密布的烏雲縫隙中投射而下，棕髮藍眼的女孩就在銀白的月光下咧嘴而笑。

真是太大意了！

李欣喬緊咬著牙，猛踩油門往周羽涵住處一路直衝。

明明當時有指示黃警官若發現假扮地獄屠夫的同學，只需錄下他侵入周羽涵家中裝神弄鬼的行徑即可。結果黃警官性格太過衝動，擅自逮人，難道他忘了地獄屠夫一直都是團體行動的嗎？

不過李欣喬也認為這是自己的疏失，她太急著想要抓到蘇玥晴的把柄，結果沒將黃天哲的性格也考慮進去，才會造成現在的窘境。

但事情已經發生了，對方要求自己只能一人到周羽涵的住處且不能報警。對方人多勢眾，李欣喬經過幾番思考後決定順從對方的意思單獨前往。

到達周羽涵的住處後，李欣喬先在袖管裡預藏甩棍，以防萬一。

今日深夜月黑風高，寒風凜冽，一想到自己眼前的透天別墅中聚集了三屍命案的犯罪者們，李欣喬不禁感到毛骨悚然。

在研究超心理學與歷史上各大恐怖事件後，她發現其實有著青面獠牙的鬼怪並不可怕，真正可怕的是會為了某種惡念而不斷殺害同類的人類！

推開未上鎖的大門，步入玄關，李欣喬嚥了口沫。她之前曾來拜訪一次，所以即使內部漆黑昏暗，她大致上還記得屋內的結構。

她摸著牆，憑著記憶找到電燈的開關，但就在她開燈的那一瞬間，令人意想不到的景象躍入眼簾。

廣闊的客廳內，就只有蘇玥晴一人。

「……我還以為妳會和地獄屠夫們聚在一起等我呢。」

「既然被揭穿是人為的，而且對象又是妳這位超心理師，那跟妳搞鬼也沒什麼意義，所以我讓他們先回去了。」

蘇玥晴穿著橘色的絨毛外套與黑色防風褲，蒼白如雪的五官只有鼻頭顯得鮮紅。

「妳好像很冷。」

「是啊，今晚是今年第一波冷氣團來襲，我可是快冷死嘍。」

「不然跟我回警局吧，那裡我去過，還挺溫暖的喔。」

「所以我們首次的對談就是像傻瓜一樣胡亂寒暄嗎？」

李欣喬聽聞，莞爾一笑，隨後從袖中抽出甩棍，冷不防朝蘇玥晴頭上劈下，不料蘇玥晴反應極快，一個閃身就躲過李欣喬的攻擊。她翻下沙發，跑到電視機前方說：「我只是跟妳開玩笑，別那麼生氣嘛。」

「我沒有時間跟妳講這些，黃警官和周羽涵他們到底在哪？」

李欣喬會這麼問，是因為既然蘇玥晴會若無其事待在周羽涵家裡，那麼周羽涵以及她的家人肯定凶多吉少。

「別急、別急，在我的疑問獲得解答後，我絕對會告訴妳，相對的，若妳在這之前對我不利，那我保證世人將永遠找不到他們的下落。」

「嘖！那妳是想從我這得到什麼答案？身為幕後主使者的妳不是應該最了解這起事件的所有細節嗎？」

「的確，就連情節發展也一直都在我的預料之中……除了妳以外，既然會被妳識破我的詭計，就代表我的犯罪計畫本身還不夠完美，為了往日更大規模的計畫，我得先了解我的破綻在哪。」

李欣喬嗤之以鼻。「哼！說得好像很厲害一樣，妳以為妳是在演什麼完全犯罪之類的電影？」

蘇玥晴微微噘嘴。「我手上可是握有人質，挑釁我可不是什麼好策略喔？」

「好，我就直說了，妳當初真不該留周羽涵活口，如果倖存者不是她而是劉妍琪的話，或許我就真的永遠不知道妳的存在了。」

「妳這話的意思是？」

「別裝了，三屍命案的倖存者原本應該是劉妍琪吧？劉妍琪打從妳轉學過來之後就已經變成妳的奴役了，奴役會供出自己的主子嗎？」

「不錯嘛，妳是怎麼知道的？」

「最先開始找周羽涵合作對付妳的人是她，提出用地獄屠夫殺死蘇玥晴這項意見的人是她，說喝高粱能防止地獄屠夫找上門的人也是她，最後三屍命案凶殺現場更是她的家，我想一開始在網路上放出地獄屠夫謠言的人應該也是她。我查過了，地獄屠夫這項謠言在十月之前從未出現在網路上，而妳是在九月底轉來的，所以這推論應該正確。」

「嗯，正確喔。」蘇玥晴往液晶電視下的矮櫃坐去。「其實我在轉學之前，就已經知道劉妍琪是校園中的靈異達人。於是轉學後便藉由她的名氣加快地獄屠夫傳聞的流傳速度，要是沒有她的話，我搞不好到現在還在網路上努力造謠呢。」

「我倒是滿好奇妳當初是怎麼威脅她合作的，她是靈異達人，妳跟她裝神弄鬼應該只會造成反效果。」

「是啊，所以我直接使用最簡單的方式。」

蘇玥晴說，她得知劉妍琪的父母時常出國工作這事後，就趁著劉妍琪獨自一人在家洗澡時闖入她的浴室。女孩子在洗澡時是最缺乏防備的時候，若突然有外人持刀闖入其中，想不嚇死都不行。

李欣喬蹙起眉說：「還真是有夠惡劣的。」

「哈哈，我後來也覺得很恐怖，之後自己洗澡的時候也都會毛毛的。」

「那我繼續說了，在妳吸收劉妍琪後，地獄屠夫的傳聞雖然有擴散開來，不過也不是所有人都相信超自然吧？所以雖然不曉得妳的目的為何，但為了讓全班陷入地獄屠夫的恐懼，於是妳開始執行這樣的計畫。」

李欣喬娓娓道出她的推理。

首先，蘇玥晴先將班上的學生分為相信靈異現象與不相信靈異現象兩派。這很簡單，蘇玥晴是轉學生又是混血兒，自然有魅力吸引人群，接著只要在閒聊時提出超自然相關話題，再觀察各同學的反應就能了解。之後藉由裝神弄鬼與三人成虎的技巧，把相信靈異現象那派的同學搞到精神衰弱，再透過某種方式讓他們相信只要臣服於蘇玥晴，就能不再受地獄屠夫騷擾。

「厲害。」

蘇玥晴舉起雙手，李欣喬瞧見她的左右手各有一道傷痕，右手的傷痕較淡，證明那一手遭利器劃傷的時間點較早。

「我剛轉入二年一班沒多久，就有感到某幾個人對我有些敵意。所以當我將同學分類好後，我白天向相信靈異現象那派的同學暗示我已經執行過儀式，晚上再請劉妍琪假扮地獄屠夫去騷擾那些人，之後劉妍琪再跟他們說只要乖乖聽我的話就能夠讓我終止仇殺契約。所以過不了多久，班上三分之一的人幾乎都被我吸收了。」

「怪不得周羽涵在舊校舍目睹妳執行儀式會不寒而慄，原來是情緒傳染在作祟。當時在舊校舍的同學有一半都有親身體驗過地獄屠夫的恐怖，所以在不曉得誰會成為下一位仇殺目標的不安中，現場氛圍自然變得詭異起來。」

「哇！妳居然連這都知道。」

「然後，那時已經有一定人手數量的妳，裝神弄鬼自然能做得更加驚悚，所以最後除了周羽涵她們外，全班同學都成了妳的奴役。」

「嘻嘻……支配他人最好的工具就是恐懼，特別是常理無法解釋的恐懼，這就是為何我特別執著地獄屠夫的原因。」

李欣喬額頭冒出冷汗。

其實蘇玥晴的計畫本身與邪教的本質相近，義和團事件、日月明功虐死案、真理教地下鐵沙林毒氣事件、人民聖殿九百人集體自殺案等等，都是藉由精心策劃的心理操控術來讓人相信根本就不存在的事物與錯誤的理念。只能說即使現代科技雖然發達，但人的內心深處仍嚮往未知的事物，信奉科學主義的李欣喬會研究超心理學正是如此。

「真可惜啊，若周羽涵她們對我的敵意沒那麼重的話，我也不會想殺了她們。」

「好了，回到重點。」李欣喬說：「在三屍命案那晚，原訂計畫是要讓劉妍琪假藉高粱能驅邪之名義灌醉周羽涵她們，但在妳與同學們假扮的地獄屠夫準備殺害周羽涵她們時，劉妍琪阻止了妳對吧？我想她的反抗絕對出乎妳預料之外，這讓妳意識到若是讓她反抗得逞，其他人可能會跟著一起倒戈，於是妳為了殺雞儆猴才殺了她，並讓周羽涵擔任劉妍琪原本該扮演的角色，也就是親眼目擊地獄屠夫行凶的人。」

蘇玥晴鼓了鼓掌。

「都被妳對了，沒錯，我原本是想留下劉妍琪，倖存者的說詞遠比謠言本身還更具真實性。但我實在沒料到她居然會與周羽涵產生感情，當下我無可奈何只好殺了她，反正周羽涵先前已被嚇得精神衰弱，事後再威脅她照我的話來誤導警方，之後再命令羅建忠頂罪自殺就能結束警方調查。」

「所以沒有管理好妳的手下與目標之間的交流就是妳的疏失，我猜周羽涵她潛意識鐵定也想反抗妳吧？否則也不可能會幫我……好了，妳該履行約定交出黃警官他們的下落了。」

「好，我帶妳去。」

蘇玥晴從矮櫃上站了起來，帶著李欣喬走向廚房。

步入廚房後，李欣喬發現一旁的餐桌上盡是蔬菜、水果、牛奶瓶、調味罐與各式各樣的冷藏食品。

「他們就在這裡面喔。」

蘇玥晴指著一旁的雙門大冰箱說道。

李欣喬看了雙門大冰箱一眼，再看餐桌上的瓶瓶罐罐，隨即，憤怒的烈火直衝而上。

「妳、妳這傢伙該不會？」

「嗯？我是保證我會把他們的下落跟妳說，不過可沒跟妳保證他們還活著。」

「妳這混帳！」

李欣喬高舉甩棍作勢劈向蘇玥晴，但蘇玥晴卻率先拿出一瓶紫色噴霧罐噴向李欣喬的臉。

「嗚——！」

臉被噴灑不知名液體的李欣喬跪倒在地，她感到視線模糊，意識不清。

是催眠噴劑！

「可……可惡，為什麼……為什麼要做得那麼絕？」

蘇玥晴收起噴霧罐，在李欣喬的面前蹲下。

「過去，有同學說我是冷血的惡魔，也有老師稱我為披著人皮的怪物。但我自認我是這個社會的報應，妳難道不覺得這個國家太過勢利，需要有人出來整頓一番了嗎？」

「整頓……妳在說什麼？」

「以這次的三屍命案來說，校方為了不讓校譽受損，家長們也不想讓自己孩子的成長背景沾染到血，所以他們暗中與警方交易，想以金錢息事寧人。妳想一想，光一所學校就可以把一件重大命案弄到像完全沒發生過，那麼那些大企業、那些政府機關呢？我們這個社會到底隱藏了多少事實沒有人知道，那些掌權的富人只要一句話就可以掩蓋真相。但其餘的民眾卻得不到他們應有的正義，甚至被生吞活剝都還不知道，所以我下定決心，我要從我這個世代起改變這個世界。」

「妳這殺人魔別把自己說得像正義使者一樣！」李欣喬雖然瀕臨昏迷，但仍然使盡全身力氣對蘇玥晴大吼：「口口聲聲說什麼為了大家，那麼在妳手中喪命的那些人又算什麼?」

「她們喔?她們是幫助我改變世界的齒輪,從佳吉國小埋屍案開始,我就希望有人能夠重視真相被掩埋這個問題,順便同時摧毀這些精英的未來……妳知道為何這社會的窮人總是永不得翻身嗎?因為富人從小開始就在重金打造的菁英教育下成長,他們從名門學校畢業,踏入社會成為菁英後又將自己的小孩送入同樣的教育體制中,這樣的循環使窮人與富人的差距越來越大。所以我要盡我所能地葬送這些準菁英的未來,我要剪斷這個惡性循環的履帶,因此我選了國內最頂尖的寒御中學做為社會重生的舞台。不久的未來,整所學校將陷入地獄屠夫的恐懼,所有人將在虛假的幻象中自生自滅!」

「瘋了……妳根本就是瘋了!」

「那又如何?」蘇玥晴將雙手伸往李欣喬的肩下,緩緩地將她拉到雙門冰箱的前方。「就算我往後會永世遭人唾棄也無所謂,反正我已經將我所見的地獄呈現在這些富家子面前了,以後他們不要說是接管自家企業,我看連一個人睡覺都有問題吧?哇哈哈哈——!」

蘇玥晴在發出令人毛骨悚然的大笑下將雙門冰箱的門打開，一團殷紅的碎肉、腸子、腦漿、眼球、斷掌、碎骨等人體屍骸像瀑布般淋在李欣喬的身上。

「恭喜妳現在捲入四屍命案！今後將會發生什麼事，妳就自己好好地期待吧。」

人體內臟的惡臭瞬間讓李欣喬大腦陷入一片空白，然而，在她閉起眼的前一刻，似乎看見了蘇玥晴的眼裡有某種東西竄出，那是火焰，那是憎恨，那是……

（完）

當魔鬼中了邱比特一箭

一、連環殺手

將二十公斤重的蚯蚓糞肥平均撒落在坑裡，糞肥能加速細菌孳生，促使屍體快速腐敗，如果有事先將屍體分割成數小塊會更有效率。坑裡的莉莉從頭到腳被我鋸成二十五塊，通常我是不會把屍體分割那麼多塊，但莉莉是我所殺的女孩中身高最高的，為了確保她消失的速度能跟其他女孩一樣快，所以這次得費力一些。

好在俗話說熟能生巧，我對殺人滅屍這檔事已駕輕就熟。

把挖出的泥土鏟回去後，我將她的衣物、手機等私人用品放入一袋大紙袋，再丟進燒紙錢用的金爐，撒一點汽油，丟一根火柴，橘紅色的火焰轟然而起，周圍的樹群因微風奏起了沙沙聲響。

我輕靠車門，在凌晨四點的月光下拿出莉莉的身分證，原來莉莉的本名叫吳誼婷，我和她是透過手機交友軟體認識的，所以彼此都用暱稱來稱呼對方。

我從聊天訊息中得知她與家人關係似乎不是很好，自己一人在外獨居，而這也意味著當她失蹤時，她的家人或許要過一個月才會發現自己的女兒音訊全無……也許要等兩個月，也許一年？

在這連親人都對彼此冷漠的社會，搞不好過了五十年都沒人發現也說不定。

從莉莉被掩埋的地方往右看去，會發現原本貧瘠的土地越來越蒼翠，最右邊二十公尺處的雜草甚至比周圍的原生野草還要茂密，這是正常的，在鏟土埋屍時會造成植物嚴重受損。但過一段時間，屍體腐化而產生的氮素又會重新刺激植物生長，造成野草叢生的景象。

拿出收藏身分證用的小鐵盒，將莉莉的身分證放入其中。十四張身分證，代表有十四名女孩已命喪於我的手下，我想現在的我，絕對符合美國聯邦調查局所定義的 Serial killer。

沒錯，我是連環殺手，不過我不像電影人魔中的漢尼拔有著崇高地位，也不像影集夢魘殺魔中的德克斯特有著正義私刑的法則，我只是位普通的保全業務，殺人原因也純粹只是想傷害女孩子而已。

不過正如同每位英雄的崛起都有段共通旅程，連環殺手也幾乎都是在相同條件下誕生的。我孩提時代是在名為家暴的惡夢中度過，打從我有記憶以來，家裡的東西沒有一個是好的，客廳地上總是有碎裂的瓷碗、翻倒的餐桌與東倒西歪的空酒瓶。

我父親有酗酒惡習，只要發酒瘋就會毆打我的母親，他會邊喝著酒，邊拿一根細長的鐵製水管抽打她的背部。有一次我不經意目睹母親換衣服的身影，發現她的背幾乎是一片紫色與紅色交織的瘀青。看她顫抖地用著紗布，一圈一圈圍在自己身上，我就覺得有點像正在為自己包紮的木乃伊，因為她的手腳也幾乎都是紗布與繃帶。

在我九歲時，我母親終於受不了，拋下我與大我三歲的姊姊，從此消失在這個家中。

從那之後，母親的責任便落在姊姊身上，她要像母親一樣為父親煮飯，也要像母親一樣為他整理家務，更要像母親一樣為他提供肉慾上的發洩。

每天夜裡，就算我躲在棉被中捂住耳朵，還是能聽見姊姊因疼痛而發出的呻吟，薄薄的牆傳來陣陣撞擊聲，我不禁聯想到童話三隻小豬中，那頭因飢渴而不停撞門的大野狼。

姊姊的惡夢持續了整整三年，然而，三年後的某一天，她突然失蹤了。

父親不斷撥打她的手機，卻完全沒得到任何回應，他氣炸了，把飯桌踢翻，又把廚櫃弄倒，還持沾滿血漬的鐵製水管抽打我的身體，那種疼痛是痛入心坎裡的疼，彷彿內臟會在體內炸裂似的。我很害怕，於是對父親哭喊說我會去找姊姊回來，所以拜託別再打我了。

父親聽進我的哀求，叫我用公共電話打給姊姊，還命令我要騙姊姊說我剛逃出家裡，需要姊姊的幫忙。電話打通後，姊姊說她在男朋友家，問我要不要一起去住，那邊很安全，不會有人傷害我們，我說好。掛斷電話後，我把電話中的事重新跟父親說一次，父親也說好。

平靜的深夜，父親開著豐田來到一棟破舊的大樓，據父親說這是專門租給貧窮學生的公寓。

下了車後，父親要我去超商的公共電話再撥一次電話，我照他的意思做，過沒多久，姊姊從電梯裡出來了，而她身後還跟著一位比她大幾歲的青年。姊姊一看到我，露出微笑向我跑來，殊不知，躲在牆角的父親就是在等這一刻。

「哇啊啊——！」

姊姊發出一聲慘叫。

從牆邊躍出的父親熊抱住她，姊姊身後的青年見狀，拉著父親的手大吼：「喂！你這臭老頭給我放手！」

「你們上床了嗎？」

父親猛然一問，青年本來要說的話便如卡在喉間般，半點聲音都發不出。

「你們是不是上過床了？」

父親再度質問，只見青年臉色蒼白，身體微微哆嗦。

被父親扛在肩上的姊姊不停拍打父親的身子，但父親不予理會，硬是把她塞入小客車後座，接著他轉回頭，指著那位青年說：「你敢把這件事告訴任何人，你也跟著完蛋！聽到沒？跟未成年者性交可是重罪！」

說完，父親坐進駕駛座，重重踏上油門，遠離那位少年與那棟破舊的公寓。

過了一段時間，又來到一棟比剛才那棟公寓還要破舊的大廈，那是我們住的地方，會住在這裡的人不是破碎的家庭，要不然就是外籍勞工。

將車停好後，父親拖著哭哭啼啼的姊姊進入電梯。電梯上升途中，姊姊一直哭喊著「對不起！」、「我沒有離開你的意思。」之類的話，但父親的表情依舊嚴肅。進入家門，熟悉的景象映入眼簾，翻倒的電視、破碎的瓷盤、散落一地的飯菜，還有堆積如山的啤酒易開罐。

父親把姊姊摔在地上，姊姊那過腰的黑直長髮垂落在臉前，趴在地上掙扎的模樣有點像貞子。

「居然跟那種廢物混在一起，妳瘋了不成？」

「咚！」的一聲，聲響很沉悶，那是水管打在頭殼上發出的聲響，姊姊的額頭很快紅了一片。

「我過去那麼辛苦地把妳養到現在，結果妳居然這樣對待我？還和那垃圾鬼混，有沒有搞錯？」

父親說完，還不忘往姊姊的腹部踢了下去。

姊姊蜷曲在地，身子顫抖個不停，雙眼向上倒吊。父親一把抓起她的頭髮，往牆壁撞去，又是一聲巨響，掛在牆上的時鐘跟著掉了下來。

父親持水管敲打她的身子吼道：「妳這賤人，妳是我的女兒，妳是我的東西！我不准妳去跟別的男人私混！」

「哇啊啊——！」

姊姊忽然舉起地上的時鐘，狠狠往父親的膝蓋劈打下去，父親的表情頓時扭曲成一團，接著姊姊起身，奮力將父親踢倒在地。

「哇啊啊啊……啊啊啊——！」

夾雜哭泣與憤怒的嘶吼迴盪在客廳之間。

父親皺起眉頭，似乎對這景象不敢置信。

「你……你這老畜牲別太過份……」姊姊指著父親說：「我……我

決定了，我要把你至今對我做過的事都公諸於世！」

吼完，她搖搖欲墜地往大門走去。

「妳敢？」

父親像隻青蛙從地上跳起來般將姊姊撲倒，姊姊的頭立刻撞向前方的鐵門，一聲樹枝斷裂的聲響隨之傳來，當她身軀倒地後，她的頭便與大門的門面一樣呈現垂直L型狀態。

只見她的身子劇烈痙攣，裙下還開始流出淡黃色的液體。

父親見到此狀，一臉錯愕。

地上的時鐘，秒針滴答滴答地響著，黃色液體緩緩流向四面八方，但姊姊的身子早已動也不動。

父親嘆了口氣，用似哭非哭的嗓音喊道：「李宏南，把工具箱拿來。」

「工、工具箱？」

「對啊！不要說你不知道什麼是工具箱喔？」

「我知道！我知道！」我戰戰兢兢地說：「只是我不曉得放在哪

裡……」

父親雙眼瞪得斗大，他拿著鐵製水管向我奔來。

右臂傳來熾熱的痛楚，我癱倒在地，抱著像是被焚燒的手臂頻頻顫抖。

父親指著我身後的那一扇門，張開血盆大口：「工具箱就在那！」

「好、好的。」

我強忍手臂的劇痛，壓抑腦海的暈眩感奔入那間房裡，那是一間雜物室，裡頭有堆積如山的衣服、積滿灰塵的羽球拍、籃球、樂高恐龍、呼拉圈與摺疊起來的跑步機。

我從中看見一箱黑色的提箱，那就是工具箱。

用沒受傷的左手，小心翼翼且吃力地將工具箱提到父親面前。

父親提起工具箱，將蓋口朝下，登時，裡頭的工具散落一地，弓形鋸、鐵槌、老虎鉗、雙齒剪刀等等全部落在地上。

父親把客桌翻至牆角，再將姊姊的身體拖到客廳中央。

他拿了一把拖把給我，要我把那灘黃色液體給清乾淨，我照做了。

他又拿了一把弓形鋸給我，要我跟他一起往姊姊的頸部鋸下去，我也照做了。

隨著工作進行，客廳中鐵與血的味道越來越濃烈，我渾身汗毛豎起，手雖然不停進行來回切割的動作，但我的腦海卻是一片空白，甚至還開始神遊到外太空，打起一場不怎麼激烈的宇宙戰爭。當父親對我怒吼「快把這些丟進去！」時，我才回神過來，將姊姊一塊一塊地放入黑色大塑膠袋內。

這就是我第一次肢解人體的經驗，說真的，那不是一個愉快的回憶，但同時也是無法忘卻的記憶。再搭乘父親的車子，將不成人形的姊姊埋至深山後，姊姊她四分五裂的樣貌便深深烙印在我的心中，並如鬼魂般如影隨形地跟著我。

往後，只要我起了生理慾望，最先在我眼前出現的幻象必定是姊姊，而且還是肢解碎裂的狀態……

這就是連環殺手的詛咒。

二、完美再現

會客室內，我坐在皮革沙發上，滿臉笑容對眼前帶著金絲眼鏡的老先生說：「雖然老闆您現在已使用別家的防盜系統，不過我可以跟你保證，我們的防盜系統是以日本最新技術製作而成，性能上更加優秀，而且到府安裝免運費外還外加兩年保固喔。」

老闆輕啜了口茶後，沉著臉對我說：「不用了，我們只是間小工廠，不需要用到那麼精良的設備，所以不好意思，你還是請回吧。」

「那如果以後有什麼疑問或需求，歡迎打給我們，我們公司的電話就在剛給你的名片上。」

「好的。」

老闆沉著嗓音說。

出了工廠，外頭豔陽高照，我拉了拉衣領，將胸口的悶熱散去。

回到豐田車上，我失落地嘆了口氣：「唉！又失敗了……到現在業績一直掛蛋，回去肯定又要被課長臭罵一頓了……」接著我拿出手機，打開常用的交友軟體，看著上頭顯示一堆年輕女孩的大頭貼，我便苦笑：「要是這些老頭跟妳們一樣能輕易搞定就好嘍。」

現在只要有台車，就能打贏一堆只有機車的小毛孩，競爭對手瞬間刷掉三分之二，再來只要說吃飯、看電影由我請客，外加附贈各種禮品，年輕女孩自己就會游過來咬餌了。

傍晚六點半，我頂著被課長炮轟到亂成一團的頭回到公寓的地下停車場，我住的公寓是都更計畫中，政府與企業合作而興建的社會住宅，據說這裡以前是一片農田，不過現在全是聳天立地的大廈。大廈門口前還建了一座休閒公園，公園四周則設有便利商店與餐廳，簡單來說，在這個社區，各種民生需求應有盡有。

下了車，嗅著公寓地下室獨有的濃烈汽油味來到D棟電梯前按下按鈕，電子顯示器顯示電梯停在十二樓，那是我住的樓層。

可能是受到工作的負面情緒影響，我有些不耐煩地跺腳。在這公寓中，A、B、C、D各棟直通地下室的電梯只有一台，所以當同棟有住戶在使用時往往得等一段時間，不過……這次也停留太久了吧？三分鐘都快過了耶，電梯卻還原封不動地在十二樓，不曉得是誰一直卡在那裡。

滿腦子只想回家睡覺的我，決定直接從地下室的樓梯走上一樓，然後再搭乘位於D棟一樓的二號電梯回家。

上升至十二樓後，電梯門才剛打開，便看見狹長的走廊盡頭處堆滿大大小小的紙箱，那是有人搬家時才會看到的景象。接著，又見長廊盡頭處的D棟一號電梯門不停開開合合，因為那裡卡了兩箱大紙箱。

原來如此，這就是電梯一直不下降的原因。

真想臭罵那位新鄰居一頓，既然搬家就好好把東西搬出來，到底知不知道這樣霸佔電梯會造成多少人不便？

我見右側有扇門是開的，而紙箱也是往裡頭堆疊進去的，很明顯那就是新鄰居搬去的地方，於是我往那走去。在經過四扇鐵門後，我在第五扇門前，以盡量不碰到箱子的角度朝裡頭望去。

在房裡的是一位長髮及腰的女孩，白色薄紗外套下是件深灰色的連身裙。她蹲在地上專心翻弄箱子，看著她的背影，我突然有種想把她肢解的衝動……

不行，我昨天已經肢解一個人了，這種事情就跟自我安慰一樣，要有所克制，不然很容易失控。就如逃獄後大開殺戒的殺人魔泰迪邦德，落了一堆證據讓人想不定他罪都不行。

我清了清嗓子，用委婉的口吻輕喚她：「小姐，不好意思，妳的東西把電梯給卡住了喔。」

「咦？」

她的雙肩震了一下，顯然是嚇了一跳。

然而，就在她轉過身來的那一剎那，我竟倒抽了一口氣。

姊、姊姊？

雙腿突然一陣發軟，身子失去支撐，我直接往門的邊緣上滑落。

太像了，真的太像了……

烏黑亮麗的秀髮，蒼白的臉色，貧血而發紫的嘴唇，還有佈滿繃帶與紗布的身體……

是姊姊……嗎？

「先生，你還好吧？」

她的呼喚傳入耳中，我趕緊瞇眼，猛力搖頭，再次睜眼後，姊姊的幻象才從她身上消失。

我清醒了，因為我姊並沒有帶眼鏡，不過在剛剛那一瞬間，我彷彿穿越了時空，回到過去那骯髒又狹小的家，而姊姊就穿著圍裙，左手拿著湯勺對我笑說：「宏南，你回來啦，飯快煮好了，你再稍等一下喔。」

我再次搖搖頭，拋開過去的光景。

眼前的眼鏡女孩持著枴杖，一拐一拐地朝我走來。

「真的沒事嗎？」

她深皺眉頭問道。

「我、我沒事啦，哈哈。」我傻笑，轉移話題：「倒是妳身上是發生什麼事了？」

雖然對第一次見面的人直接提出這樣的問題不太好，不過她聽聞我的疑問後，只是垂下了頭，將鏡片下的眼珠往旁瞥去。

「我……前不久出車禍了……」

「原來是這樣……」

怪不得走廊跟電梯有一堆雜物，憑她這遍體鱗傷的病弱身軀根本就搬不完嘛！

「妳怎麼沒有請搬家公司來幫忙啊？」

她露出苦笑：「哈哈，因為最近手頭很緊，能省則省嘍。」

「噢，妳等我一下。」

我跨過地上那堆雜亂的箱子，將鑰匙插入最靠近D棟電梯左側，也就是那女孩家正對面的房門，將公事包與西裝外套隨意丟入家中的沙發上，再趕緊回頭，把卡在電梯裡的箱子給搬出來。

終於，電梯下降了。

「謝謝你的幫忙，真的很不好意思。」

「不會啦，這沒什麼。」

嘴巴上雖是這麼說，但我卻能感受到我手心冒汗，心跳不止。

這種狀況很不尋常，我從不曾對異性感到緊張過。

平時進攻通訊軟體上的女孩時，我只把她們當作是玩具，約到手後立即迷昏到深山進行虐殺肢解。但這次不同，我明顯能感受到，我對眼前這位女孩不僅殺意盡失，而且居然還打從心底想要幫助她！這到底是怎麼回事？只因為她跟姊姊長得很像嗎？我不知道，不過我的身體仍擅自動了起來，一一搬起走廊上的箱群。

半個鐘頭後，走廊總算清空完畢。

「哇！」我邊喘息邊驚嘆：「妳東西還真是多，妳是有跟其他人住嗎？」

女孩搖頭說：「沒有，只有我一個人。」

「妳是這裡人嗎？還是從外縣市搬來的？」

「從外縣市搬來的。」

頓時，我與她四目相交，沉默猝然下降，令人不安的尷尬將她與我困進寂靜的牢籠。

正當要起雞皮疙瘩的時候，我回過神，趕緊說：「我、我叫李宏南，妳家對面就是我家，如果想知道附近有什麼好吃的，還是好玩的，歡迎隨時來找我，好歹我在這也住了兩年。」

女孩這時才對我露出笑容：「好，謝謝你。」

和她簡單道別後，我回到家裡，將襯衫的鈕扣解開。

沒想到胸口都是汗水，看來我真的太興奮了！而且這種興奮感並非是以往將人毆打、肢解後所獲得的感覺，而是一種如少女情竇初開的新鮮感，在殺了那麼多女孩後，我都不曉得我居然還能夠對異性動心！

我將眼睛貼向大門的貓眼，奮力注視那位女孩的家門。

雖然我還不清楚妳是誰，不過為了釐清在我身上發生的事情，下一個目標，就決定是妳了！

這幾天下班後，我都會假裝偶然與那位女孩見面並和她打招呼，進而在她的潛意識中加深對我的友好觀感。而我也在與她閒聊時，發現人生地不熟的她不僅沒有朋友，就連親人也沒有在聯繫，只有人在外地的叔叔每個月會固定匯款給她。據她說，小時候家裡就屬叔叔最疼她了，像這樣的女孩，對我來說算是很好進攻的類型。而且她還身負重傷，通常女孩子身體虛弱的時候，最需要有人來照顧，所以只要再多關心她一些，很容易就能得到她的芳心。

有天晚上，我大膽地直接跟她說：「我很餓，想去吃麵，妳要不要跟我一起去？」

她毫不猶豫地答應了，感謝這女權崛起的時代。

我選的餐廳是一家西式家庭餐廳，時間是晚上七點，裡頭環繞著人群閒聊的細碎聲，我與她選擇角落靠窗的位置，她點了一份義大利麵，我則點了焗烤通心麵。

用餐的時候，為了更加了解她的背景，我使用最原始的技巧，也就是「以物易物」的方法，先向她說我的故事，讓她認為我很坦白，是位值得信賴的人後，她自己就會主動說出自己的故事。

我說我小時候是班上的開心果，同時也是班上的班長，人際關係很好，是俗稱的「嗨咖」，我什麼話題都可以聊，所以往後跟我聊天可以不用有所顧忌。

當然除了無話不聊外，其他我說的都是謊言，實際上，學生時期的我就如路邊垂死的流浪狗，經過的人都會忍不住想踹一腳……沒錯，家庭環境會影響人的外表，那時的我全身上下總是髒兮兮的，在學校的時候，沒有人敢正眼看我，倒是會用拖把水潑我，或者是拿籃球砸我。

不過仔細想想，其實我也沒說錯，我的確是班上的開心果，我的存在給予全班一段歡笑的時光，只不過肯定跟眼前這位眼鏡女孩所想的不一樣就是了。

接著我又說我現在已經當完兵了，目前是保全業務員，單身，平常的興趣是看電影，最喜歡的電影是克里斯多福諾蘭的記憶拼圖。我跟她說，如果我也能像那部電影的主人公一樣，每十分鐘就會忘卻一切事物那該有多好。因為這世上真的有太多令人煩悶的事情需要忘記，當然我又補充說我是開玩笑的，不過當她聽我這麼一說後，她笑了，她說如果真的有這種病，她也想要這樣。之後，我再也沒開口，她便逕自講起她的過往。

原來那場車禍是她男友引起的，她和他男友約會時，男友因車速過快，加上天雨路滑而失控打滑，直接撞上電線杆。她男友沒有繫安全帶，整個人撞破擋風玻璃飛出去，當場慘死。而她自己則是因患有第一型糖尿病，免疫系統失衡導致傷口癒合緩慢，所以即使離意外發生已經相隔半年，她身上的傷卻還是沒有好轉的跡象。

語畢，看著她以左手拿起餐叉，輕巧轉起義大利麵，再優雅地放入口中，我就突然有種想把她眼鏡摘掉的衝動……

左撇子、行為舉止、聲音，還有全身上下佈滿了傷痕。

說她是姊姊再世也不為過。

我到處凌虐、殘殺、肢解年輕女孩，為的就是重現姊姊當年的樣貌。然而現在，姊姊就活生生地坐在我面前，我不需要毆打她，也不需要肢解她，這位女孩就已經有姊姊身上所有的特徵。

這女孩肯定是上帝同情我悲慘的過去而賜予我的禮物，所以我下定決心，放下屠刀，立地成人。我不是講錯話，因為原先的我對女人來說，是邪惡的魔鬼，是頭嗜血的禽獸，但既然現在有重新做人的機會，我無論如何都不想放過。

大家總以為殺人魔之所以殺人是因為他們喜愛殺人，殊不知他們本身也只是受童年陰影折磨的奴隸，如果能不殺人就重現姊姊之美，那我當然也不會再殺戮下去。

「對了……」女孩拿起紙巾，輕柔地擦拭嘴唇後，說：「過了那麼久，我都還沒說我的名字呢，真是不好意思，我叫許韶娟，叫我小娟就可以了。」

「好的，小娟。」我露出微笑：「那你也直接叫我宏南吧。」

她微笑地點了點頭。

這就是大人之間的交流，無須花言巧語，只需一點肢體動作，一點眼神暗示，彼此就可以知道雙方到底想進展到何種地步。

吃完飯後，我開車載她回公寓，可惜的是她並沒有要來我家，不過算了，在剛才交談時，我有注意到她的雙腿平行交叉又打開了三次，這是潛意識對異性有好感的訊號。她對我已經產生了信任，甚至說她已經落入我的情網也不為過，所以與她在一起也只是時間上的問題罷了。

將外套往牆上的掛鉤掛去，然後懶洋洋坐上沙發，看著電視新聞播報某政客去買早餐的沒營養新聞。

此時，門鈴響起。

心一跳，是小娟嗎？

我的直覺強烈告訴我在門外的人是她，而且肯定是身穿必勝洋裝，一臉嬌羞地等著我，畢竟今晚在餐廳時我們有說有笑，事情肯定會如我所想的一樣順利進展。於是我關掉電視，拉好T恤上的皺褶，走向玄關，悠然地打開房門。

一位滿臉皺紋的阿伯映入眼簾。

我的心涼了一半……甚至還有種想當場把他的頭扭斷的衝動，不過我忍住了。

「老周，你好啊。」

「你好。」留著稀疏白髮的他和藹笑道：「真是不好意思，那麼晚還來打擾你。」

我皮笑肉不笑地說：「不會啦，不過有什麼事嗎？」

「我收到樓下住戶通知，說他們浴室天花板漏水，我想可能是你浴室水管有問題，所以想來看一下，你現在方便讓我進去嗎？」

「當然可以。」

其實老周是這棟大廈的清潔工，而管委會為了省錢，因此大廈水電的修理與垃圾分類也都交給老周包辦。不過他刻苦耐勞，平時對人的態度也很和藹可親，所以住戶只要提到老周，絕對都是交口稱譽。

到了浴室後，他打開管線間的門，馬上愁著臉說：「哇！裡面的水管破了一個洞，怪不得樓下像在下大雨。」

我探頭進去，發現管線間裡頭真的像噴泉一樣噴得到處都是，不過其實也沒那麼誇張，不然老周早就被淋成落湯雞了。

「你在這等一下，我回去拿工具。」

「好。」

仔細想想，這棟大樓的屋齡雖然只有五年，不過建商與政府之間必然的勾結，會有這樣的狀況其實也不會太令人驚訝。

三、凶殺事件

「嘿！宏南。」阿德趴在我的辦公桌上，咧著他的肥嘴說：「這禮拜六，服務部的光隆說要去聯誼，你要不要一起去啊？」

我邊將產品型錄收入公事包，邊搖頭說：「不用了。」

「這次是要跟大學生聯誼耶！你確定真的不用？」

「我那天有事，不方便去。」

我提起公事包，匆匆離開辦公室。

阿德豐滿的身軀緊跟在後，他拉著我的手臂說：「你是有什麼事啦？唉喲！如果你不去的話，當天去聯誼的就只有我一個是業務部的，這樣會很尷尬啦。」

「都是同間公司的同事是有什麼好尷尬的啊？」

「就是……你也知道啊，我才剛來半年而已，跟其他部門的人還不是很熟……」

「那你不要去不就好了？」

走到電梯前方，伸手往電梯向下的按鈕按去。

「可是是芳川大學的學生耶，你也知道那所大學專產正妹吧？」

「沒空就是沒空！」

我不耐煩地回。

每個月都會親手肢解一位女孩的我根本就不缺女孩，況且現在我還有小娟，實在沒有多餘的心去管什麼芳川大學……等等，芳川大學怎麼聽起來那麼耳熟？

眼前頓時天崩地裂，阿德肥胖的身影消失無蹤，公司長廊瞬間幻化為一間西式餐廳，原本站立的我也變成坐在餐椅上，周圍響起人群雜談的細碎聲，眼前也出現一位身上滿是紗布與繃帶的的女孩。

是小娟。

我邊用叉子翻起焗烤通心麵，邊問：「小娟現在還有在念書嗎？」

「有，我現在大三。」

「是喔？那是念哪一所學校？」

左臉頰貼著一塊紗布的她露出微笑：「芳川大學。」

「噢！」

我大叫一聲，西式餐廳立時瓦解，變回了公司的長廊，阿德那又肥又醜的軀體躍入我的眼簾。

想起來了，原來小娟也是讀芳川大學，怪不得那麼耳熟。

「你、你幹嘛突然大叫啊？」

「有嗎？」

叮咚！電梯門開了，我轉頭跟阿德說：「反正我就是沒空，你自己另外找人吧！」

「嗚嗚！宏南，你也太無——」

關上的電梯門中斷了他的聲音。

其實不是我無情，而是阿德跟我同是業務的同事，那我們就是競爭對手，加上我在這家公司已經待了兩年，也可以說是老手了，但這菜鳥才剛進來一個月就簽到一堆合約，讓我不禁納悶這肥宅是不是有什麼特異功能？為什麼這長相不討喜、談吐又失敗的傢伙能比我還要獲得眾老闆的心啊？這根本就不合邏輯吧？

電影中的殺人魔總是受人愛戴的萬人迷，除了是情場高手外也是職場高手，但現實就不一樣了，文學大師馬克吐溫就曾說過一句話：「現實總比小說還要荒誕。」

真他媽說的對！

還沒駛進公寓的停車場，就見守衛室前停了好幾輛警車與採訪車，還有一群民眾圍堵在那，不曉得是出了什麼大事，唯一能了解的，就是他們擋住了通往地下室的路口。其實我是可以對他們按喇叭要他們給我讓開，但現場混亂到像菜市場，為了避免招來不必要的麻煩，我看我今天還是把車停到公園旁的收費停車格裡吧。

停好車後，我筆直穿過公園往公寓方向前進，走著、走著，眼角餘光捕捉到熟悉的身影，一位身穿灰色連身裙，手臂纏滿紗布的長髮女孩坐在面向公寓大門的長椅上。

「小娟。」

我往她右邊的空位坐下去。

「宏南？」

她雙肩一晃，嚇了一跳。

糟糕，我突然覺得她好像比姊姊還更加惹人憐愛。

「我們公寓發生什麼事了嗎？怎麼那麼多警察跟記者？」

「那個……A棟三樓的住戶好像被人殺害了。」

聽聞這話，我率先想到的是管委會的委員陳施，前陣子在會議編列端午節活動預算時，好像有和財務委員起過爭執，具體事態我並不清楚，畢竟我做業務從早忙到晚，半夜還要進行狩獵行動，根本沒心情去管這些有的沒的。不過偶爾會聽到鄰居竊竊私語，說陳施私自挪用公共基金，所以如果是他被殺害，我是不會感到意外。

應該說只要不是小娟死掉的話，誰死了我都不會很意外，不過……還是問一下好了。

「小娟，你這禮拜六有要去聯誼嗎？」

「咦？」

「啊！不是啦……」

靠！我怎麼會問這種問題？我趕緊清清嗓子重問：「被殺害的人，是不是一位姓陳的老先生？」

她抬起頭，將食指輕放在下唇。

「不曉得，不過我有聽到鄰居說好像是管委會的委員，而且聽說是被人割喉，現場都是血，光想到就好可怕……」

果然是陳施！住在A棟的委員也只有他了。

小娟轉過頭來。

「對了，宏南，你剛怎麼會問我禮拜六要去聯誼？」

「嗯？這個啊！其實是我同事……」

我把剛在公司發生的事一五一十跟小娟說了。

「原來如此。」小娟低頭，露出令人心疼的苦笑：「不過我不可能去聯誼啦，你看我現在這副模樣，會有誰喜歡我啊？」

「我啊！」

鏡片下的瞳孔放大，她發白的雙唇倒抽了一口長氣。

「你、你別開玩笑啦！」

「我不是開玩笑，我是認真的！」

「咦？」

沒有貼紗布的右臉頰染上一層紅暈，她雙眸閃爍起來，用不敢置信的眼神注視著我。

我將雙手放在她的肩上說：「小娟，雖然對妳來說或許太快了，而且妳最近也才剛失去……嗯！妳懂我的意思，但老實說，我已經等不及與妳邁入下個階段了，因為我打從心底認為，妳就是我命中註定的女孩！我發誓我未來一定會好好照顧妳，所以……可以讓我成為妳的另一半嗎？」

一滴一滴的淚水，悄悄往她的連身裙上滴落。

她左手捂起嘴，靜靜點了點頭。

「謝謝。」

我將她顫抖不已的身子抱入懷中。

真的很謝謝妳，小娟。

是妳實現了我的夢想。

我那與姊姊重逢的夢。

和小娟正式成為男女朋友後，只要彼此有空就會一起去看電影。雖然她喜歡的電影類型與我喜歡的相差甚遠，基本上不是平凡的女主角被有錢又有特殊癖好的總裁看上，要不然就是具有超能力的吸血鬼愛上庸俗的女主角這種題材。不過沒辦法，小娟是千載難逢的女孩，要再遇到與姊姊如此相似的人簡直比被雷劈到還要難，所以還是得遷就她才行，為了守住對方而犧牲某些興趣，我想這就是愛情。

與小娟看完電影後，駕車返家途中，她一直在跟我抱歉。其實也不是什麼大事，只是因為她身體很虛弱的關係，所以就算有拐杖，走起路來還是搖搖欲墜，我索性攙扶她的身子，她說這樣造成我的困擾讓她感到很抱歉，還說不如乾脆取消這次的約會吧，我則是笑著回應她，能夠像這樣扶女孩子可是我的福氣，希望她別認為自己有帶給我任何困擾。

其實小時候，每當父親對姊姊施予野獸的暴行後，我都必須要扶著她去市場買東西，不然她可是痛到連走路都沒辦法。而當我們出門時，父親會要求姊姊穿薄外套與長褲，因為前陣子她身上的紗布實在太多了，曾引起學校老師的關切。父親當然自有一套莫名其妙的鬼話說服老師，所以在我們家發生的噩夢從未曝光。大家或許很難相信，但根據內政部家暴防治中心的報告，我國的家暴案件統計數據並不代表實際發生的家暴數據，事實上，在十個家暴家庭中只有五分之一會尋求警方協助，而且這還僅是保守估計而已。

在極端暴力環境下生活的人，很容易陷入「習得性失助」的狀態，這種心理狀態指的是一般人在面對不可逆的威脅後會喪失鬥志，最後甚至連自我意識都會消失，變成缺乏靈魂的木偶任人宰割。

這就是為何會有那麼多家暴案、霸凌、性侵與監禁案，總是要等到最壞的情況，也就是受害者喪命後才會曝光的原因。

人很脆弱，特別是在現代安逸的環境下，人的抗壓性更幾乎等於零，我就算沒持刀，只要把女孩塞進後車廂，睡個覺後再去打開，她就會乖乖聽我的話了。

不過現在我有了小娟，所以不再有殺人的理由，其實自從成為小娟的男朋友後，我就再也沒有對任何長髮女孩起過殺意。

將車停在地下室後，由於時間已經是傍晚，所以我在電梯門前問小娟：「要不要一起去吃拉麵？」

「拉麵？你是說公寓對面那家嗎？」

「對啊，那家拉麵的湯底很棒，而且價錢也很便宜喔。」

小娟傾靠在我背上說：「那就去吃吧，不過吃完我可能要先回去睡了。」

她說完還不禁打了聲哈欠，看來今天她的體力已經消耗的差不多了。

此時，電梯門開了，裡頭有位身穿紅色衣服的老婦。

我轉過身對身後的小娟說：「小娟，我們走樓梯上去好了。」

「咦？」

小娟睡眼矇矓地發出疑問，不過也沒有抗拒的意思，電梯門關上後，我扶著她的身子，一步步往電梯旁的逃生梯走去。

其實我沒有進去電梯的原因，是因為電梯中那位老婦她並不是站著，而是靠坐在電梯牆上，而且，她的頸上還有一道鮮豔的紅線。

是的，那是一具屍體。

是具被人用利器割喉致死的女屍。

隔天，公寓大廈的正門口再度被警車與採訪車圍堵，根據鄰居那聽來的消息，死者名為莊淑芬，是D棟六樓的住戶，同時也是管委會的委員。

「怎麼又是管委會的人？」

無意間聽到鄰居的閒談，讓我覺得我們的管委會是不是惹到什麼不該惹的人，居然不到一個月內就連續出現兩名死者。

而警方調查電梯監視器時，發現莊淑芬是遭人割喉後才逃入電梯的，所以電梯並非是犯罪第一現場。不過經鑑識人員鑑定，莊淑芬頸上的傷痕與上禮拜陳屍在家中的陳施一樣，都是遭人以鐮刀切斷頸動脈，因此警方研判兩案很可能是同一人所為。調查方向也從原先的私人糾紛轉為住宅糾紛，這也代表，現在這棟公寓的住戶在警方眼裡都是嫌疑犯，為了揪出凶手，他們將挨家挨戶進行查訪。

眼看社區被連環凶殺事件的陰影籠罩，我突然覺得我的人生風起雲湧。先是遇上萬中選一的女孩，現在又被捲入連續殺人事件，一想到身邊還存在著其他魔鬼，胸口不禁燃起興奮的烈火，看來上帝不僅帶了愛情給我，也順便為我帶來一位志同道合的朋友。

不過……還是打消與對方連繫的念頭吧，如果他想對小娟出手，那就不妙了。

除了我以外，誰都不能對小娟出手，誰都不行。

四、犯罪少女

傍晚，D棟一號電梯的封鎖線已被解除，不過警衛室前仍有許多記者與員警進進出出。其實這次的連環凶殺案已成了全台最受矚目的新聞焦點，還被冠上「北部國宅連續割喉案」之名。畢竟案發地點位於政府都更計畫中的社會住宅，加上犯人現在仍下落不明，我想警方大概已被市政府要求限期破案，以免有損國宅形象。警方這兩天勤奮訪查各樓住戶，我與小娟當然也不例外，不過對於此案，本來就跟管委會沒什麼互動的我們真的沒什麼好說的，所以警方也很快就放過我們。

小娟在訪查結束後，跟我說她身體有些不舒服，想先休息一下，我想有一半可能是連環凶殺案對一般人來說真的太過驚悚，所以能感覺她精神有些衰弱。我安慰她說，如果她真的覺得害怕的話那就來我家住吧！我絕對不會讓那個壞人碰她一根寒毛。雖然這種話從我這肢解狂魔口中說出來感覺有點怪，不過小娟還是如往常地對我露出惹人憐愛的苦笑，拒絕了我。

好吧……果然即使成為男女朋友後，在不到一個月內就共處一室還是太快了些。

和小娟道別後，我下樓準備去吃晚餐，大廈中庭與警衛室人滿為患，大多都是別棟來湊熱鬧的鄰居，小小的中庭充斥著他們閒談的細碎聲。走入警衛室，發現門口還有電視台的記者正對著攝影師播報當前最新消息，不希望被他們抓去訪問的我趕緊從記者身後繞過才總算逃出大廈。

不過全台灣是沒新聞報了嗎？回首望去，盡是各大新聞台的採訪車，讓我不禁產生一種想法，如果殺人就能讓自己備受矚目，那好像也挺不賴的。因為人一生要從茫茫人海脫穎而出，不曉得需要做多少努力，但只要拿一把刀往旁人的心窩捅下去，那麼媒體就會為你空出一個位置來，讓你一夕成名。不過這樣想其實有點膚淺，畢竟現在國內哪處不曾發生過凶殺事件？所以光是殺人遠遠還不夠，犯案手法必須得更有巧思，力求與眾不同，像是連環凶殺，或是虐殺肢解……

「先生！先生！」

忽然聽到有人在背後呼喊，轉頭望去，是位綁著馬尾的年輕女孩。

身穿白色連帽外套的她彎著腰，上氣不接下氣地喊：「可、可以……跟我說……裡頭……」

看她喘氣喘得很痛苦，我趕緊說：「小姐，妳先冷靜。」

稍過一會，她才擦去額頭的汗水對我笑道：「不、不好意思，因為剛剛被人追打……」

說著、說著，她突然抱起我的手臂，逕自將我拉入公園內部。

「喂！妳幹嘛？」

「抱、抱歉！先跟我來吧！」

她強行拉著我穿過公園，跑到另一側街區。

她停下腳步後，我很不高興地說：「如果妳沒有正當理由解釋妳這樣做的原因，我就要生氣了。」

最討厭這種任性的女孩，如果是在愛情上，這種女孩會很強勢地跟你爭支配者的位置，我非常討厭被支配的感覺。在過去，如果有獵物是這種性格，一定會先被我狠狠調教一番才被大卸八塊。

她雙手合掌瞇眼低下頭說：「對不起，不過別生氣啦，我請你吃晚餐好嗎？」

我雙手叉腰。「妳先說妳的目的，不然我真的覺得妳莫名其妙。」

「好啦，其實我想寫小說。」她開始像機關槍劈里啪啦地說：「我覺得在你們社區發生的事件是很棒的題材，所以想了解詳細內容。不過我剛去問過很多住戶都被拒絕了，警察叔叔也超兇的，記者們也都對我不理不睬，於是我直接去你們管委會的會議室裡面。因為被害者都是管委會的人，我想裡面有線索所以就進去了，結果被管委會的人發現，他一副想打我的樣子，我沒辦法就先逃出來，然後就……」

「好、好，我懂了，妳先停一下。」

聽她解釋得亂七八糟，我想由我來幫她整理思緒還比較實在。

「所以妳是想寫一本以我們社區案件為主題的小說？」

「是的。」

「為什麼想寫？」

「因為這可是國宅連環凶殺案，是目前全台最關注的大事啊！」她緊握雙拳，興奮地說：「而且我有預感，這事背後的真相肯定不簡單，受害者還會繼續接二連三的出現！所以我一定要現在就追蹤這些事並記錄下來，到時候出書肯定會大熱賣！」

「唉！」我直搖頭。「難怪妳會被大家拒絕，妳知道妳這番言論對住戶來講有多惡劣嗎？」

「咦？不是吧？」

看她露出一副驚訝的神情，我當下又嘆了口氣。

這女孩完全不懂人情世故，看她青澀且幾乎毫無毛孔的稚嫩面貌，是涉世未深的高中學生妹嗎？

「算了，妳說妳要請客對吧？那我要吃那間拉麵。」

我向後指著拉麵店的招牌說。

她雙眸亮出閃光。「所以意思是你答應我的請求了？」

「算是吧。」

在氣稍微消了點後，我是覺得，如果能跟這女孩聊聊連環凶殺案的內容也不賴，因為小娟她很怕這類的事，所以對謀殺事件很有興趣的我完全無法跟她談這方面的話題。因此，若有對象願意談謀殺，我倒是挺樂意，當然，我不會說因為我本身就是殺人魔，所以才對這類犯罪那麼有興趣。

進了拉麵店後，不同於昔日，店內的座位幾乎都是空的，這也難怪，畢竟對面的大廈連續發生兩起凶殺命案，警車紅光閃閃，在這吃麵難免會覺得怪怪的，當然這是我猜的啦，我又不是正常人，哪曉得正常人的想法。

我和馬尾女孩隨意往靠牆的座位坐下，她點了一份醬油拉麵，我則是點了北海道牛奶拉麵。

「那麼在餐點送來前，我們先來整理一下至今為止所有的事發經過吧。」馬尾女孩拿出一本口袋筆記本翻閱。「第一起案件發生在三月十九日，死者名叫陳施，是你們大廈管委會的委員，死因是遭人用鐮刀割喉。第二起案件則是發生在三月二十九日，也就是昨天，死者名叫莊淑芬，一樣也是你們管委會的委員，死因同樣也是遭人割喉。」

「你對案情還滿了解的嘛，那幹嘛還來訪問我？」

「這你就不懂啦。」她持筆指向我說：「每一起犯罪都像一盤拼圖，而所有與事件有關的人物則代表拼圖碎片，無論是警方、記者還是住戶，唯有將所有人擁有的資訊結合，才能補足拼圖的缺角，你懂我的意思嗎？」

「換句話說，妳認為每個人的觀點都缺一不可是嗎？」

「正是如此！我想寫的就是集結大家看法於一身的作品，這樣不管是哪種類型的讀者閱讀都可以有帶入感，而且還能讓人有種漸入佳境，掌握全局的感覺。」

「喔？我是不太懂小說，不過如果只是單純寫出每個人的觀點，感覺好像會很枯燥，而且又不是每個人知道的資訊都對案情有幫助。」

「這我了解，對案件沒幫助的訊息我自然會過濾，但是像住戶對於管委會委員的看法我還是必須知道的。因為現在無論是警方還是社會輿論，都是偏向犯人曾與管委會有所過節，而這種事一定要是社區住民才會有所了解。」

「那我可能沒辦法提供有用的資訊，因為我兩年前才搬來這裡，對於管委會的認識幾乎都是從鄰居那聽來的。」

「這也沒關係，你就把你知道的都說出來就好。」

於是我把我搬來社區後這兩年所發生的事都跟她說，途中她偶爾會在筆記上寫些東西，不過次數很少，等到我講完後，她才愁眉苦臉說：「除了陳施疑似有貪汙行為以外，其他部份真的都是些沒用的訊息耶。」

「那還真抱歉。」

語畢，服務生將我們的拉麵端上桌來，隨後，她收起筆記，拿起桌旁的黑色筷子說：「也有可能是我沒問到重點……」話還沒說完，她吹也不吹就啜起拉麵，真是個急性子。

她邊吃邊問：「那最近有沒有新鄰居搬來？」

大家猜對了，我腦海最先蹦出來的人就是小娟。

「為什麼這麼問？」

她左手豎起食指，在太陽穴旁轉了轉。「現在沒什麼證據，也不能一口咬定犯人一定是曾經跟管委會有過節的人，所以我想換個角度思考。」

「可是陳施私用住宅基金的事大家都知道，鄰居都背著他閒言閒語呢。」

「那第二位死者呢？你剛不是說她沒負面傳聞嗎？我倒是認為，有可能是某個喪心病狂的傢伙混入你們社區，為了掩飾他的罪行才故意殺害管委會的人。只要兩位受害者有某種關連，就可以誤導警方往這個方向調查，也就是現在的情況，大家都以為是某個對管委會懷恨在心的人幹的，但其實這個憎恨管委會的人根本就不存在。」

「果然是小說家，想法就是不一樣。」

「這是稱讚還是嘲諷？」

「稱讚。」

我輕啜起飄散奶香的湯，心想這女孩肯定有妄想症，不過不知為何，我開始不由自主的把她口中說的喪心病狂跟小娟連結在一起，明明就沒有任何根據，只能說人腦真的很奇妙，別人隨便說的話都可以令其自動對號入座。

「但若我的說法是真的，那這案件就有點無聊了，因為讀者首先懷疑的一定就是新鄰居，畢竟命案是那位新鄰居搬來後才發生的。」

「是啊！要是我是設計這起凶殺案的作者，我絕對不會這樣安排。」

「不然你會怎樣安排？」她聲音微微提高：「其實身為作家，我還滿好奇普通人會怎麼安排劇情發展呢？」

「什麼普通人？」總覺得被她瞧不起，我有些不悅地說：「妳又不是什麼暢銷作家，不應該這樣對別人說話喔。」

女孩發覺冒犯了我，低下頭蹭起鼻頭。「抱歉，我沒有那個意思……」

「算了，沒事，不過妳怎麼會想寫這類型的小說呢？通常像妳這年紀的女孩，不是比較喜歡寫愛情或新詩之類的作品嗎？怎會想要挑戰犯罪題材？」

巧妙地利用對方的失誤來轉移談話上的攻守位置，讓她主動說出自己的事情算是我比較少用的技巧，不過屢試不爽，此招從未失敗。

「呃……這個嘛……」

見她眼珠快速打轉，這是人在腦海整理思緒所釋出的訊號。

我啜了一口麵，看她還猶豫不決，我決定再幫她加點火。

「妳知道在心理學上有一種說法，就是如果人在孩提時代受到過大的刺激，那麼就會在心中產生無法治癒的缺口，而為了填補這個缺口，長大後，這些人就會不斷接觸當時傷害他們的事物，例如……」

「連環殺手？」像是話匣子被撬開，她強硬地插話進來：「蓋瑞李吉維，人稱綠河殺手，小時候長期遭母親精神折磨，導致他日後對女性非常仇恨。他從一九八二年開始對女性展開連環謀殺，直到二〇〇一年才被聯邦調查局逮捕。事後統計，被他謀殺的女性總共有四十九位。」

說實話，我被她嚇了一跳，她不僅在談話上奪回主控權，而且她還真的對犯罪有所了解。連環殺手之所以不停犯罪，正是要重現當年烙印在他們內心中的黑暗情景。

不得不承認，我開始對她產生興趣了。

「妳懂的還真多，妳是平常都在閱讀這方面的書籍嗎？」

「這是我興趣所在，我覺得犯罪是種很不可思議的事物，打從人類有文明開始就有犯罪。然而，即使現在科技日新月異，但犯罪仍存在你我周圍，我想只要人類不滅亡，犯罪就會永遠存在於這世界上吧？」

「妳現在幾歲？」

用問題重置對話，是奪回談話主控權的技巧之一。

「我現在十七，怎麼了嗎？」

「沒有，只是我覺得妳很特別，在同齡者中，很少有人會像妳一樣研究犯罪與謀殺吧？」

「是啊！我朋友們談的話題盡是韓劇和流行音樂，所以我只能在網路上聊犯罪話題，發表些跟謀殺有關的小說。」

「所以妳過去就有在寫小說囉？」

「嗯，還得到很多人稱讚呢，大家說我除了文筆很好以外，還說我對犯罪者的心理真的很了解。」

「的確，妳真的很懂，難不成妳小時候也曾經歷過什麼嗎？」

單刀直入。我在內心冷笑，等待她的內心告白，不過接下來從她口中吐出的話卻出乎我的意料之外。

「你也是呢，先生，既然我們聊得來，想必你也很懂犯罪吧？為什麼呢？『難道你小時後也曾經歷過什麼嗎？』」

她對我露出不懷好意的笑容。

我以微笑回應，卻在心中破口大罵她哪來的自信敢這樣問我？

「嘻嘻！」我冷笑，放下筷子：「妳剛不是問我，如果我是這件謀殺案的設計者，我會怎麼安排嗎？我現在就告訴妳，那就是我會安排凶手其實不是社區的住戶，而是外人。動機雖然還沒想到，不過她會以寫小說作為理由去查看犯罪現場，這樣就算是去消滅證據還是去『懷舊』都不會有人懷疑，妳應該也知道，有的連環殺手會有回到犯罪現場回憶犯罪情節的習慣吧？」

她莞爾一笑：「這構思我喜歡，不過你還沒回答我的問題。」

轉移話題的戰術居然失敗了！

我忽然有種想當場將她肢解的衝動，不過不行……我現在已經有小娟了，既然小娟就是姊姊的再現，那殺人行為就沒有意義了。

我站起身，壓低嗓音說：「我吃飽了，談話到此為止。」

「那你可以把你的手機號碼給我嗎？」

「妳想幹嘛？我不是把我知道的都告訴妳了？」

「是沒錯，可是你也知道這裡的住戶都不怎麼歡迎我，所以如果以後又有案件發生，我可能又只能找你問了。」

「那妳號碼給我好了，出事我再打給妳。」

「好，這樣也行。」

她將號碼告訴我後，我問要怎麼稱呼她，她說直接叫她芷琳就行了。

步出拉麵店，和她做個簡單的道別後，我步行穿越公園，回想剛才的對話。

這女孩還真有一套，雖然有點沒禮貌，但談話過程整體來說還算滿愉悅的，而且看她不斷迴避自身的事，就又讓我更加好奇她的過去。

我不禁希望在我們住處行凶的刎頸魔能趕快犯下第三起犯罪，只要再發生凶殺案，我就可以再約她出來。到時候，我一定要粉碎她築在心上的牆，並一窺她心中不可見人的黑暗。

五、失控

將炒鍋中的波菜倒入磁盤，在旁的姊姊微笑說：「如果讓爸爸知道這道菜是你煮的，以後他就不會再罵你是不會做事的小孩了。」

「嗯。」我端起冒著蒸氣的菠菜說：「謝謝姊姊！」

由於父親老是罵我是個不會做事的寄生蟲，所以姊姊開始教我一些家事，好讓我不會再被父親責備，不料父親回來，吃了口菜後卻破口大罵。

「靠！這菜怎麼那麼難吃啊？」

他皺起眉頭望向姊姊：「妳是不是鹽加太少？都沒什麼味道。」

糟糕！他還不知道那道菜其實是我煮的，如果我不趕緊解釋的話……

「對不起！」姊姊搶在我開口前向父親低頭說：「我馬上重做。」

「去妳媽的！」父親將那盤菜往姊姊身上扔，被菜的湯汁燙到的姊姊發出一聲尖叫，接著，父親走過去一把扯起她的瀏海。

「妳這廢物！我每天都在外面忙得要死要活，回到家就只是想吃一頓好吃的飯罷了，但妳連這點小事都做不好，那我這麼辛苦養妳到底是為了什麼？」

「呀啊——！」

眼看姊姊被父親拉倒在地，我本來想坦承罪狀的心情登時煙消雲散。

「對不起！對不起！」姊姊驚慌失措地抱起父親的大腿。「請再給我一次機會！我下次一定會做好，真的！」

姊姊失聲哭號，淚如泉湧。

然而，父親拿起水管後並沒有往姊姊的身上揮落，反而是將它遞給了我。

「我今天累了，你幫我教訓一下你姊姊吧？」

「……咦？」

「咦什麼？你這不會做事的傢伙，老子趁現在教你做些事情。」父親強硬地將水管塞到我的手中。「以後如果你有女人的話，她做錯事就要這樣打她，知道嗎？女人和小孩一樣都是傻瓜，一定要揍一頓才記得起教訓！」

突然覺得耳朵被蒙上一層沉悶的雜訊，不曉得是不是我太遲鈍，所以無法解讀父親所說的話，還是他的話語本來就已經不是常人所能理解的呢？

只知他見我沒有動作，便將碗摔在我的腳旁，腳踝被瓷碗碎片劃破的我疼得跳起腳來，但很快就不痛了，因為父親直接往我鼻梁上揍下去，所以噁心的暈眩立刻蓋過了劇痛。

接下來，我在意識模糊之下，被父親抓起手，然後往前重重揮落，鈍器打擊肉體發出的震動，以水管做為導體傳回我的手掌心中。

我的心靈被這奇異的感覺大大衝擊，隨著姊姊的哀號聲傳入耳中，我感到世界天搖地動，過去認知的一切逐漸崩解。

「就是像這樣子，懂嗎？」

眼前模糊的景象化為清晰，抱著手臂在地上蜷曲的姊姊躍入眼簾。

原來，這就是父親平時所看到的景象嗎？

把溫柔善良，說話總是和藹可親的姊姊打到像待宰的豬隻一樣在地上哀號，這就是父親平時所看到的景象？

如果真是如此，那我想……我過去可能都誤會父親了。

我以為他懲罰我們時除了憤怒外不會有任何感受，但直到現在我才明白，親手毆打親人時，自己的心也是會跟著痛的。我一時無法忍受，哭了出來，溫熱的淚水一滴滴落在我的手臂上，我哭到無法自拔，就連呼吸都感到困難。不過父親沒有給我哭泣的餘地，他往我的後腦杓摑下去，對我咆哮，要我繼續打姊姊，並且要打到他說停為止。

為了停止他對我的毆打，我照他的話繼續做了。

當父親說「大力一點好嗎？」時，我就會再加些力氣，而姊姊的哀號也會隨著我揮下去的力道而變大，但是當眼前已被淚幕覆蓋而呈現一片模糊時，我驀然發覺現在發生的事好像有點奇怪。

啊……我知道了。

因為本來犯錯的人是我，是我鹽加太少，惹父親生氣，但現在卻是姊姊在替我受罰，而懲罰的執行者還是我，這就是事情奇怪的地方，不過……現在想這些也都無所謂了吧？畢竟這可是姊姊自找的，明明一開始說菜是我煮的的就好了，但她卻沒有這樣做，所以才會導致現在這樣的局面……

過了不知多久，我感到有什麼溫熱的液體濺到我的臉上，我抹去淚幕，才發現姊姊渾身是血，倒在地上奄奄一息。

「以後你姊做錯事的話，就像這樣子打她，知道嗎？」

父親說完，喝了口湯，回房倒頭就睡。

懲罰結束了。

沾滿血漬的鐵管從手中滑落，我跪了下來，像跳針的唱盤機不停重複地說：「這不是我的錯，這不是我的錯……這不是我的錯對吧？」

「……是啊……這不是你的錯，所以……不要自責喔。」

在聽見那虛弱到幾乎快要從空氣中消失的聲音時，我才意識到我真是一個無可救藥的傢伙。

為了不讓自己被父親毆打，為了不讓自己沉入罪惡的泥沼，我把最深愛的姊姊當作逃避現實的武器。

我想，我大概就是從那時候，開始躲進姊姊以謊言建構的牢籠之中，她不僅是我唯一相依為命的親人，更是我心靈上的避風港。

所以她若是從這世界上消失了，我想我可能會崩潰，變成人不人，鬼不鬼的存在。

事實的確如此，當我在高中舊校舍內以美工刀劃破學姊的頸動脈時，我就已經成了披著人皮的怪物。

「你這些日子都在幹什麼？」課長火冒三丈猛拍桌子。「連續兩個月掛蛋，到底怎麼做才可以搞出這樣的業績？連新來的阿德都比你厲害！」

我頻頻彎腰致歉：「對不起！我會想辦法彌補的！」

「彌補什麼？當初對你期望高的我還真是白痴，如果月底業績再做不出來，你就可以滾蛋了！」

「真的很不好意思……」

「夠了，你出去吧！」

依照課長的意思步出課長室後，我能強烈感受到辦公室的氛圍變得很沉悶，想必是因為就算課長室關上門，在外頭的人還是能聽到裡面聲音的原因吧？

我提著公事包，走向電梯，此時阿德跟了過來說：「宏南，你沒事吧？」

「沒事，習慣了。」

聽到阿德假惺惺跟我關心，就有種想把他開膛破肚的衝動。

然而，一整天積極拜訪客戶的我，仍還是沒有成功簽下一家。

「可惡！為什麼會這樣？」

回到公司後，我在公司的洗手台前苦惱。

冷讀術、心理操縱、肢體語言解讀，這些無論是在業務受訓還是自修時都已經研讀無數次，實際對那些年輕女孩使用也很有效果，但為什麼……為什麼就是無法攻破那群老不死的心？

「別再煩惱了。」

中年男子的嗓音傳入耳中。

抬頭望向鏡子，洗手間內部的鏡面蒙上一層無法透視的漆黑。

「你就承認吧，你害怕『大人』對吧？」

「說什麼？又不是小孩子。」

「不然你為何遲遲無法說服那些大人簽下合約？」

「是他們理解能力不好！我明明說了那麼多我們公司產品的優點，他們卻還是拒絕了我，這一切都是他們的問題，與我沒關係！」

「無論什麼事都是他人的錯，這一點還是沒什麼變啊！」

「我只不過是陳述事實。」

「長期躲在姊姊的庇護下，已經讓你連承認自身錯誤的抗壓性都沒有了嗎？」

「你給我閉嘴！」

我緊握起拳頭，使勁揍向眼前的黑暗，但那片黑暗卻反將我吞噬，令我墜入深不見底的虛無之中。

一團渾身散發紅光的煙霧在我身旁凝聚，隨後長出四肢，化為人形。他的面貌烏漆抹黑，似人似鬼，無法辨識，但是他的聲音我認得出來，那是我這一生當中最厭惡的嗓音，從小到大對這嗓音唯一的印象就只有無止境的暴怒。

「恐懼就像影子般永遠無法擺脫對吧？你懼怕大人，懼怕我，即使將我四分五裂的屍骨埋入深山，你仍無法忘卻這份恐懼，因為我才是掌握你黑暗面的主人。」

「胡說！」我雙手掐向他的脖子。「你從沒掌控過我，你什麼都不是！別忘了當年，我用鐵鍊綑住你，並用鋸子將你的手指頭一一鋸掉時，你還恐懼到上吐下瀉，最後死得一點尊嚴都沒有！」

「至少我已經死了，再也不受任何約束，但是你呢？你仍要繼續在恐懼與罪惡中苟延殘喘，直到臨死前才發現你這一生活得一文不值。你受到我的迫害，無法面對大人，也因為對姊姊的罪惡感而痛苦不已，你充其量只不過是被恐懼牽著鼻子走的小狗！你不自卑，我都想幫你哭了。」

「說夠了沒啊?你這混帳東西!」

我握拳揍向他的臉，漆黑的狂亂煙霧瞬間從他身上散去。

「唉喲——!」

一個胖子在我面前摔倒，我眨了眨眼，才發現那個人是阿德。

「宏南!你突然間做什麼啦?」

他捂著流鼻血的臉頰哀叫，而我看他痛得一臉衰樣，怒火轟然而上。

「媽的!」我扯起他的衣領，將他壓在洗手台上大吼:「我居然輸你這廢物!我居然會輸給你這種廢物!」

「喂!幹什麼?」

一聲斥吼傳來，我轉過身，是課長，他額冒青筋，我則是怒不可遏。

我奔過去屈膝滑壘，用額頭撞擊他的下體，隨即奔出洗手間，頭也不回地逃離這令人不悅的地方。

一回到公寓，怒火中燒的我連電梯都懶得等，直接狂奔至十二樓。

狂怒的火舌隨著心跳一陣陣灼燒我的胸口，我甚至能感覺到我的雙眼湧出橘紅色的火花。我氣炸了，真的氣炸了!

我快速敲著小娟家門口的門鈴。

我需要發洩，需要將滿滿的怒氣灌入她的祕密花園才能平息怒火。

小娟一打開門，我連疑惑的機會都不給她，一手掐在她的頸子強行將她壓在牆上。

「宏、宏南？」

她神情惶恐，像隻受驚的倉鼠。

我朝她頸子上纏繞的紗布舔去，在舌尖散開的消毒水與血的鐵鏽味很快令我興奮。小娟她慌張的拍打我，我扯起她的衣領往地上摔去，她揮出左手反擊，我順勢接住她的手臂，並在她纏繃帶的傷口上使勁狠捏。

「哇啊啊啊──！」

她發出令人愉悅的天籟，我更加興奮，像隻飢渴的野獸趴在她身上，不顧她的掙扎與哭號，開始撕扯她身上的衣物。

鏡片下的雙眼淚如泉湧，我索性將她的眼鏡摘掉，但就在此時，映入眼簾的景象卻令我頭痛欲裂，小娟本來哭喪的臉龐，突然化為口吐血沫、雙眼倒吊的女屍臉孔，那是姊姊喪命後的模樣！

莫名的罪惡感從心中竄起，耳邊響起姊姊過去因懲罰而發出的各種慘叫聲，世界霎時天旋地轉，我不再憤怒、興奮，隨之而來的是莫大的不安與恐懼。

「對、對不起……姊姊，我……」

我從她身上站起，在情緒崩潰前趕緊逃出她的家門。

終、神的玩偶

剛剛的我到底怎麼回事？

在街上狂奔不知多久的我，隨意靠在路邊的電線桿上思考這個問題。

我還記得，當我摘下小娟的眼鏡後，事情才變得詭異。

我將她的樣貌與過去姊姊的形象結合，在眼前映出的卻是姊姊死時的模樣，而且我還被這景象給嚇著，怎麼想都很不對勁，我過去殺害那些女孩不就是要重現姊姊死亡的瞬間嗎？為何當我對小娟動手時，會因傷害她而感到恐懼？

果然是太像姊姊的關係？

不對！

在摘下眼鏡的那一剎那，她已經超越我記憶中對姊姊所建構的印象而成為現實。換句話說，如果對象是小娟的話，我再也不用經由暴力來重現姊姊慘死的情景，因為她就是姊姊最完美無缺的具現體，若是傷害了她，反倒又會讓我產生過去對她的罪惡感，就像剛才一樣。

「哈哈，原來是這樣啊……」

我抬頭望向天空，夜幕低垂，天色已暗。

名為慾望的烈火再度焚燒，我渾身發癢，像是有數萬隻小蟲子在我皮膚下竄動，此時我才想起一件事，自從認識小娟後，我好像已經很久、很久沒有殺人了。

好想殺人……

突然好想殺人！

看來我太高估自己了，即使有了小娟，還是會有想傷害他人的衝動，我想我已殺人成癮，無法說戒就戒，於是，我拿出手機撥打了芷琳的號碼。

將車駛到約定的街口，身穿連帽外套搭牛仔褲的馬尾女孩拉開車門，坐上副駕駛座。

「先生，在你開口前，我要先跟你道謝，謝謝你今天打這通電話過來，身為住戶的你所掌握的資訊對我來說真的很重要。」

她會這麼感激我，是因為我先前打電話和她說，我從鄰居那問到了極驚人的事，所以她現在非常興奮，完全不知道自己已經落入蜘蛛網的中心點了。

在她轉身關上車門的那一剎那，我將尼龍繩套向她的頸部並俐落纏了兩圈，再將左手肘壓在她脊椎上當作支撐點，右手向後使勁，不到十秒，她掙扎的雙臂便垂落而下。

人腦若急性缺氧，在短短八到十五秒內就會失去知覺，這就是為何弄昏一個人，勒頸往往比狠敲後腦杓有效的原因。

芷琳昏迷後，我將她椅背放低，為她繫上安全帶，讓她看起來就像睡著的少女，完全看不出異狀。

沿著羊腸小徑行駛至山路上，再從山路行駛到在地圖上毫無紀錄的幽靈道路，過了約一個鐘頭，總算來到深山中的森林墳場。

將車停好後，我把芷琳拉到車燈正前方的樹下，用麻繩固定好她的身子。接著，我從後車廂拿出一捆塑膠藍色帆布，帆布尺寸約兩平方公尺，在樹與車頭前的空位攤平後，再提出工具箱，將水管鋸、鐵鎚、老虎鉗、扳手等工具一一排在帆布上。

「這裡……是哪裡？」

虛弱又微小的嗓音傳來，我抬起頭對她微笑：「這裡是我的黑暗角落，歡迎光臨。」

「黑暗角落……嘻嘻！果然沒錯。」

笑了？她居然笑了？

照理說不是應該要失聲尖叫的嗎？而且那彷彿知道一切的口吻又是怎麼回事？

「妳覺得現在發生的事情很有趣嗎？」

「……是啊，先生，你真的不是正常人。」

「聽妳這口氣，好像妳一開始就知道我的真面目一樣。」

「也沒那麼確定，但就是能感覺到你與眾不同。」

她眼睛閃出喜悅的光芒，這對身為加害者的我來說是幅很詭異的景象，接著她微笑問道：「那麼你就是那棟國宅的刎頸魔嗎？」

「不是，我只是默默無名的連環殺手。」

「是喔？」

她垂下頭，露出一副當小孩知道聖誕老公公其實就是自己爸爸時才會有的表情。

等一下！妳是在失落什麼？妳難道不知道現在的情況對妳有多不利嗎？

雖然內心動盪不安，但我仍故作冷靜問：「妳應該知道我打算對妳做什麼吧？」

「其實不知道耶，不過我一定會死對吧？」

「沒錯，我要用熱熔膠賞妳耳光，用老虎鉗一根根折斷妳的手指，用螺絲起子刺穿妳的內臟，等到妳嚥下最後一口氣，再用水管鋸把妳肢解，並一塊一塊把妳葬入這杳無人跡的山中，這下妳懂了嗎？」

「懂了，虐殺是吧？嘻嘻……真是刺激。」

「想笑就趁現在盡量笑吧，待會妳可能就完全笑不出來了。」

「是！殺人魔先生，都聽你的，不過再將我弄死之前，可不可以跟我分享一下你小時候的事情呢？」

「妳活不過今晚，知道我的過去是能做什麼？」

「的確，世間萬物在死亡前都會失去價值與意義，但即便如此，身為人類的我們還是對我們所見的一切充滿好奇，你就用聊天來滿足我的好奇心吧。」

「懶得理妳這小神經病，我要開工了。」我拿起熱熔膠棒，高舉過頭。「別第一下就哭出來，不然我會對妳之前臨危不亂的態度感到很失望的。」

語落，熱熔膠棒跟著劃破空氣，擊在她左臉頰上發出「啪」的清脆聲響。

她雙眼睜得斗大，很明顯這一擊帶給她的疼痛超乎她的預想，她緊咬下唇，呼吸急促，似乎在強壓著某種情緒。

「怎麼樣？很痛對吧？要哭了嗎？可以哭喔！沒關係，反正這裡除了我以外，沒有人會聽到妳的哭喊聲的。」

「……還真是惡劣啊。」

「是啊！妳也很厲害，沒有哭出來，但之後呢？就讓我來看妳能撐到哪時候好了。」

熱熔膠棒這次擊中了她的右前額，她雙肩彈起，口中發出細小且急促的尖叫，看樣子她已經到了極限，然而，正當我要揮第三下時，她突然大喊：「等等！」

「怎麼？要我給妳時間哭嗎？」

「沒有，我只是想說……你真的確定不跟我說一下你小時候的事情嗎？我敢打賭，你身旁絕對沒有一個人能夠讓你安心傾訴你的過去。」

「是又怎樣？」我朝她左顎揮下熱熔膠棒。「我本來就不想讓他人知道我的過去。」

清脆聲響在幽暗的樹林中接連響起，一直到手臂肌肉傳來痠疼感，我才停手。

芷琳的臉頰已經烙上數十條鮮紅的血痕，嘴唇也因口腔破皮而滲出血來。

過往的狩獵之夜，被綑在樹上的女孩滿臉是血是件很正常的事，唯一不正常的是我的情緒，我一時不注意又陷入狂怒，我發現今天一整天下來，我好像越來越無法控制自我。

「呸！」芷琳吐了口血水，露出血淋淋的牙齒。「你……你今天心情好像不是很好，是遇到什麼不順心的事了嗎？」

「……是啊。」態度轉為消極的我，索性扔掉熱熔膠棒。「今天我在公司痛毆了同事和課長，我想我已經失去了這份工作。」

「為什麼打人？他們做錯什麼了？」

「其實沒有，他們沒有錯，錯的人是我。」

我蹲了下來，目光在各式螺絲起子上游移。

「你是做什麼工作？」

「業務。」

「喔？那我大概知道你打人的原因了。」

「……我可以稱妳為萬事通小姐嗎？」

「這是稱讚還是嘲諷？」

「稱讚。」

「謝謝……不過我還不知道到底是什麼原因造就現在的你，所以還稱不上是萬事通。」

我選了一把十字起子，規格為二號，金屬長度七十五毫米，然後什麼話也沒說，直直刺入她的右腹。

她用力緊閉雙眼，表情像塊皺掉的抹布，再來她渾身發抖，喘息劇烈，還乾嘔了幾聲。

「話說回來，我現在才想到那一晚，我有問妳小時候是否經歷過什麼，但妳卻轉移話題逃避我的問題，不過現在妳可以開口了吧？反正妳無處可逃了。」

「原……原來你也會好奇啊？那、那麼……等你分享完你的故事後，我就跟你說，如何？」

我硬生生轉起她腹部上的十字起子，渾身顫抖的她將雙唇緊閉，努力將尖叫聲壓至最低點。

「妳沒有跟我討價還價的餘地，我現在就是這裡的主宰，懂嗎？我說什麼，妳就做什麼，規則就這麼簡單，除非妳還想挨疼……噢，我的意思是更劇烈的疼痛，我經驗豐富，在一個女孩子死前將她的身心完全摧毀的方法我熟得很，如果妳不想走到那樣的地步，最好別再用這種口氣跟我說話。」

「喔？還真是狂妄的控制狂啊……你難道不知道……真正掌控你的人其實是我嗎？正因為我活不到明日，所以你得在時限內撬開我心中的枷鎖，你也不可能就把我丟在這擇日再戰，有太多不確定因素了，反倒是只有死路一條的我最能夠掌握情況。」

「看來妳還是沒搞懂，沒關係，實際試過一次後就知道了。」

我彎腰解開她牛仔褲上的拉鍊，將其向下脫去，充滿刀疤與灼傷疤痕的雙腿立刻映入眼中，當場令我腦海陷入一片空白。

「哈哈！在你之前，早就已經有人對我做過這種事了，你這撿二手的傢伙，哇哈哈哈——！」

我憤而拿起一把木雕刀壓在她的眼瞼上。

連環殺手也有處女情結，我希望喪命在我手下的受害者只為我一人恐懼。

「不如這樣吧？我們一人一句交換各自的背景，你覺得如何？」

「媽的！妳怎麼會那麼執著這點？」

「我只是想讓你好過一點。」

「讓我好過一點？拜託，妳以為這是什麼傾訴晚會嗎？」

「殺人魔先生，即使你對我做出這樣的行為，我還是不會怕你或是憎恨你，相反的，我憐憫你、同情你，惡人也有血有肉，會哭會笑，特別是你。我覺得你情感豐富，性格單純，但也因為自我意識太強而容易受到挫折，像今天你對你同事做的事情就是一個警訊，我不希望你因壓力而自我毀滅。」

聽完她這些話，我的心情忽然莫名地平靜下來了。

「……妳很特別呢，萬事通小姐。」

「你過獎了，我也只有在這種時候才顯得特別，平時的我只不過是位陰沉又不入流的女孩罷了。」

我笑了，心不再激動的我，在帆布上盤腿而坐。

「在我國小的時候，我父親在我面前殺害了我的姊姊。」

「在我五歲那年，有群男人持刀劫持了我幼稚園的娃娃車，他們將駕駛殺害後，把我們載到跟這裡一樣偏僻的深山之中……」

以物易物的傾訴大會開始了。

加害者與受害者相互訴說過往的痛苦與黑暗，如此詭異、如此驚駭，但願魔鬼心中的傷口能就此癒合，也願折翼的墮落天使能在安息後找回失去的純真。

神奇的傾訴晚會結束後，我沒有再繼續讓芷琳受到折磨，而是直接給她痛快的致命一擊。她在嚥下最後一口氣前，只是微笑地對我說聲加油，然後闔上雙眼，靜靜地離開了這片苦難之地。

開車回家途中，我感覺身心舒暢，還好有遇到芷琳這種富有同情心的女孩，她知道我現在的困境，不斷嘗試解開我內心中長期壓抑的痛苦。十惡不赦的怪物最需要這種慈悲的天使，因此最後我還是決定把她殺了。我是個很自私的傢伙，我不想讓其他魔鬼知道這世界上有芷琳這種人存在，我要讓他們繼續活在水深火熱之中，我想這應該是我潛意識中對父親所採取的報復吧？

芷琳用憐憫罪人的方式來治癒自己的傷口，我則是不斷回溯孩提時代來逃避痛苦。

我活在過去，走不出姊姊死去的陰影，也克服不了對大人的恐懼，不過這些都無所謂了，至少我現在還有小娟，她是我得來不易的幸福。我不應該只將眼光放在負面事物上而忽視此時此刻我所擁有的，我應該要更珍惜小娟，更愛護她，不是只將她當成姊姊的化身。姊姊對我來說固然重要，但小娟就是小娟，她不是姊姊，我不能再像過往一樣只為了滿足自己而利用她的善良。

上了電梯，回自己房裡後，我不斷思考到底該如何跟小娟道歉。鑑於社會的價值觀，我不能跟她說我殺人成癮，太久沒殺人所以變得很暴躁這種話。最佳方式應該是以誠懇的態度跟她表明，我今天做了可能會讓我失去工作的事情，因此壓力大，一時情緒失控才傷害了她，我事後為此感到很後悔。雖然時間很短，但我反省過了，請再給我一次機會，讓我能夠彌補這次的疏失。

我邊在腦海反覆模擬道歉時的情景，一邊等待黎明的曙光，不過現在才凌晨三點半，我心癢難耐。當人意識到自己做錯了事情而且錯得很徹底，總是會擔心如果不立即彌補就會落入更淒慘的下場，我現在就是如此。我很擔心這份道歉再拖下去就會失去小娟，現在的我已經無法再承受失去重要之人的痛苦，於是我索性步出家門，即使會打擾她的睡眠，我還是想儘速修補我與她之間的裂痕。但就在我伸手按她家門鈴的那一瞬間，手把忽然自己轉了，鐵門敞開，一位滿臉皺紋的阿伯走了出來。

是老周。

是個住戶最不會提防，同時也是無論何時出沒在大廈何處都不會令人起疑的水電清潔工，除了現在，他出現在小娟家門口，手中還拿著鐮刀，殷紅的液體緩緩從刀鋒上滴落。

我與他默默對視，周圍的氛圍瞬間凝結至令人窒息的冰點，帶有惡意與殺意的氣息竄流於大氣之中，隨後我一個前踢，將老周踢入了玄關。

「為什麼？」關上小娟家的門，我用著略微顫抖的嗓音問：「為什麼是她？」

老周抱著腹部，緩緩從地上站起。

「沒為什麼，只要是這棟國宅的住戶，都是我的目標。」

「目的何在？」

「將國宅化為凶宅就是我的目的。」

語畢，他持鐮刀橫劈過來，我向後閃去，貼上鐵門，他將鐮刀垂直劈下，我順勢接住他的手臂，借力使力、乾坤挪移，將他推向鐵門。

「磅！」的一聲巨響，他倒在地上，滿臉是血。

我步入臥室，只見小娟躺在猶如玫瑰般鮮紅的床單上，她雙眼倒吊，口吐血沫，頸上有道弦月狀的缺口。我伸手摘掉她臉上的眼鏡，闔上她的雙眼，將她抱入懷中，仰首痛哭。

怪不得會有像芷琳這樣的人出現，因為在這名為人間的地獄，萬惡的罪孽已經邪惡到連魔鬼都承受不起，我、小娟、姊姊、父親，甚至是老周，全部都只是神的玩偶罷了。就像小時候的我們所玩的模型一樣，我們為模型製造舞台、創作故事，但玩膩後便棄之不顧，也不管結局對整體故事來說是好是壞，反正它們的存在價值在我們放開雙手的那一瞬間就失去了。而我們人類的存在價值也在神放開操弄命運的線後就消失了，這世界的真相就是如此的殘酷。

「抱歉，我現在就讓你解脫吧。」

喉間傳來一陣冰涼的觸感，溫熱的液體從頸部湧出，我身子一軟，倒在小娟的身上，不過我覺得應該不會壓痛她，因為現在的我，身體輕得就像羽毛似的，我感到一身輕盈飄然，絲毫感受不到沉重與疼痛。

隨著視線逐漸模糊，老周低沉的嗓音也慢慢侵入我的大腦。

在國宅尚未興建之前，這裡曾是一片農地，放眼望去，綠意盎然的稻田無止境延伸至地平線，暖風經過，水稻悄悄隨風擺動，幾隻白鷺在藍天下悠閒地盤旋。

在這樣的祥和之地上，一群憨厚的農民就住在這裡，他們生活純樸，也享受著這樣平靜的時光。直到有天，政府突然派人前來徵收土地，他們態度強硬，甚至不惜動用黑道暴力威脅，大多數的農民因此失去反抗的意志，紛紛遷離，只有少數人與老周的妻子仍持續反抗。性格憨厚的老周只求賠償金的價碼合理，但他的妻子認為這塊地是他們老祖宗的回憶，不惜反抗政府到底，結果卻在抗議行動中被警方毆打頭部，從此陷入昏迷。在妻子昏迷這段期間，土地被徵收，建商在上頭興建了社會住宅，老周為了照護昏迷中的妻子，便在國宅做起了公寓清潔人員的工作。直到近日，妻子醒了，老周欣喜若狂，但妻子見到老周卻只冷冷說了：「為何你當初沒有與我一同作戰？現在地都沒了，我也不想留在這了。」便嚥下最後一口氣，離開人世。老周此時才意識到自己這些年來都在背叛妻子，他追求的和平，只是自以為是的和平。妻子直到死前，仍對這塊曾是他們家的土地有著強烈的執著，在懊悔與悲憤之下，愛情化為怒意，他開始決定向當初奪走他們幸福的人報仇……

聽聞到此，我的意識便如斷訊的電視「啪喀！」地斷了。

（完）

被撕裂的正義

一、喋血街頭

「靠！這部電影也太可怕了。」

「對啊，特別是當主角發現整棟精神病院的醫護人員其實都是病人假扮的時候，我嚇到都快漏尿了！」

「哈哈！你也太誇張了吧！」

散場的電影院外充斥人群的嬉鬧聲，今天是禮拜天，是適合全家出遊、朋友聚餐，以及情侶約會的日子。翼丞牽著女友佳璇的手，從電影院走到外頭的人行道上，但不同於其他滿臉笑容、歡呼雀躍的年輕人，翼丞臉色沉重，時不時左顧右盼，這神經兮兮的模樣使佳璇不禁擔心起來。

「翼丞，你還好吧？」

「嗯，沒事。」

嘴巴上雖是這麼說，不過翼丞仍沒有停下東張西望的舉動。

其實他從今天早上就感覺渾身不對勁，過去的經驗告訴他，這很可能是大難將至的惡兆。在他還就讀國中的時候，校外教學的前一天晚上，他睡覺時就被一種無形的壓力壓迫到全身無法動彈，到了隔天，他們學校預計出遊的森林遊樂園區便發生山崩，所幸當時負責載送學生出遊的遊覽車，因不明原因集體爆胎而無法行駛，所以校內師生全員平安。

實際上，翼丞並不知道當天的意外是山崩，只是他的直覺強烈地告訴他，坐上遊覽車後絕對沒好下場，所以當天千萬不能坐上遊覽車。

這就是翼丞的特殊能力之一，他稱之為災難預測，雖然無法知曉會發生的災難是什麼，但就是能知道絕對不能去哪裡，或者不能做什麼事。

至於另一項特殊能力，就是他在當天清晨用來破壞遊覽車輪胎的念動力，打從他四歲因溺水而在鬼門關前走一回後，他便能夠不依靠肉體接觸來隔空移動物品。

然而，就像大多數剛發現自己會走路的小朋友一樣，他一發現自己有特殊能力，便肆無忌憚地使用。一開始，他只能讓奶瓶中的奶水轉出漩渦，但隨著時間流逝，功力就越來越厲害了，到最後，甚至能夠將花瓶高速彈射出去。

一日深夜，他住家的客廳突然響起雷鳴般的噪響，父母以為家中遭強盜闖入，雙雙拿著高爾夫球桿、情趣皮鞭到客廳察看，接著才發現翼丞一個人坐在懸空浮起的沙發上，他的周圍還飄著電視機與櫥櫃碎裂的殘片。

目睹如此不可思議畫面的雙親當然是嚇傻了，身為護理長的母親認為翼丞頭腦可能出了問題，想把他送去醫院檢查，但父親堅持不要，他說：「我們的孩子有如此天賦，肯定是上帝賜給我們的禮物，我們不應把他當成不正常的孩子，而是要抱著感恩的心永遠愛他。」

父親語畢，就被飄在頭頂上的冷氣機給砸死了。

「你這小惡魔！」天主教育幼院的門口，母親怒視翼丞說：「告訴你，你最好把我給忘了，反正我再也不會承認你是我兒子了！」

語落，母親頭也不回轉身就走，留下了在修女身旁嚎啕大哭的翼丞。

而為何本來堅持要送翼丞去醫院檢查的母親，後來卻又將他送入育幼院呢？那是因為他的母親考慮到，若翼丞身上的問題是來自於遺傳上的基因突變，那源頭可能會追溯到身為母體的她，若真是如此，那自己將會是導致丈夫死亡的罪魁禍首，不想背負殺夫之罪的母親，才因此將他送去育幼院而不是醫院。

至於翼丞，當時的他雖然年幼，但在被母親殘忍的拋棄後，還是能明白會有今天的局面，就是因為他身上那超乎常人的能力所導致的，於是從那天起，他便封閉自我，再也不使用念力，直到國中校外教學那天，他因為實在是想不到有什麼方法可以阻止校車出遊，逼不得已才破戒使用念力破壞校車的輪胎，而他也是那時才驚覺，他的念力已經比他所想還來得強大。

僅僅在腦海閃過一絲想法，眼前的巨大輪胎竟連胎內鋁框都被轟成碎片。

被此景震撼到的他意識到，若不趕緊訓練如何控制念力，未來某一天，很可會不小心傷害到他人，就如當年父親那起意外一樣，於是他便開始練習念力的調節。

現在，他一邊擔憂未知的危機，一方面也很注意自己的情緒，希望別因為太過緊張而導致超能力失控。

「對不起。」在翼丞身旁，穿著白色短袖上衣的長髮少女說：「果然今天不該硬拉你出來的……」

感覺女友的話中帶有歉意，翼丞趕緊說：「沒事啦，今天是妳生日，本來就該陪妳一起慶祝。」

「可是，我總覺得你今天心不在焉，從看電影前就這樣……」

「抱歉。」

一想到自身的焦慮使佳璇感到困擾，罪惡感油然而生。

除了育幼院的修女外，翼丞並沒有和其他人說過他有超能力一事，對於無法向佳璇解釋這點，他真心感到非常抱歉。

不過，今天到底是會發生什麼災難？

不斷打著寒顫的翼丞抱起雙臂，他覺得這次的惡兆是他有史以來感到最不舒服的一次。

「哇啊啊——！」

後方傳來淒厲的慘叫，翼丞回首望去，見人群匆匆奔來，他趕緊將佳璇拉到服飾店的櫥窗前，以免她被奔跑的人群撞到。

「怎麼回事？」

佳璇緊張地問。

「不曉得……」

翼丞見街上的民眾全都因不明原因竄逃起來，還不斷聽見人們的尖叫與怒吼，便是一陣毛骨悚然。

此時，又有位青年在翼丞面前踉蹌，身子不停的在地上抽搐。翼丞很快發現他白色夾克背後有好幾道細長的缺口，像是遭人用刃器胡亂揮砍，鮮血從刀口中湧現，一下就將青年的背染成一大片紅色。

目睹此景的佳璇不禁發出尖叫，就在這時，一位少年從服飾店走出來問：「外面在幹嘛？怎麼那麼吵？」

隨即，聲音乍停。

一把銳利的鈦金刀插入那位少年的胸腔，翼丞和佳璇同時倒抽口氣，接著，鈦金刀被人拔出，在鮮紅的液體往空中噴灑後，少年就往剛剛那位青年的身上倒去。

「你幹什麼！？」

翼丞大吼，因為在他眼前有位包著黑色頭巾的中年男子。

該名男子面無表情，雙手各持一把鈦金刀，上身還穿著紅色T恤……不，應該說是血色T恤比較貼切。

「怎麼辦、怎麼辦、怎麼辦……」

躲在翼丞背後的佳璇像跳針般不斷重複這話，翼丞從她的嗓音聽出她已經被嚇哭了。

「嘻嘻……」

男子露出不懷好意的笑容，將刀尖對準翼丞他們，明顯意圖不軌，於是翼丞立刻將男子撞開，在念力的加持下，男子瞬間往後方停車格上的小客車飛去，轟隆一響，客車側面凹出個大坑！

「快走！」

翼丞拉起佳璇的手臂往前逃離。

「到底發生什麼事了?」

佳璇邊哭邊喊,翼丞搖搖頭,他自己也不明白,為什麼會有人在街上胡亂拿刀子亂砍行人?

登時,如雷鳴般的巨響從車道傳來,不用回頭看也知道是發生了車禍,而且還是連環車禍,鋼鐵撞擊的轟鳴撼動整條街道,彷彿是宣告世界失序的末日鐘響,緊接著,一輛箱型車直直從翼丞眼前衝撞過去,當場輾斃在他們面前奔跑的三位青年。

佳璇被這幕嚇到差點跌倒,翼丞扶起她的身子,想帶她繞過前方那輛箱型車,不料箱型車內卻跳出四位男子,各個頭綁黑色頭巾,雙持鈦金刀。

他們跟剛剛那男子是一夥的!

這些男子一見翼丞便是面露凶光,殺氣騰騰地往他們靠來。

「別過來!」

翼丞怒吼,但這些男子仍是手爆青筋,渾身殺氣。此時翼丞認為多說無益，便以公主抱的方式將佳璇抱起，同時在腳上凝聚念力，往另一側的人行道奮力一跳，短短三秒之內，兩人就這麼躍過二十公尺寬的柏油路面。

落地後，佳璇雙唇發白，「翼、翼丞你剛剛……」

「之後再跟妳解釋！」

現在的翼丞滿腦子只想逃離這裡，不料才跑沒幾步，又見幾名包黑色頭巾的男人在人群中揮舞鈦金刀與開山刀，鮮血與人體殘肢狂亂飛散，讓人有種穿梭時空回到古代戰場的錯覺。

「嘖！這群神經病到底是從哪冒出來的？」

翼丞憤而回首，不過後面的人行道上已經屍橫遍野，血流成河。

「姊姊！姊姊妳快起來啦！嗚嗚──」

小孩的哭號傳來，翼丞聞聲轉頭，見剛剛那群瘋魔砍人的地方，有一名年幼的女孩正抱著一位少女哭泣，然而，少女的腹部破了一條大縫，血淋淋的腸子從中滑出半截。

「喂！這裡還有漏網之魚。」

「真的耶，剛剛怎麼沒注意到？」

兩位一胖一瘦的男子走到那名小女孩身前，小女孩緊抱少女殘破不堪的遺體，用淚汪汪的眼神直盯他們。

「別用那眼神看我。」身材肥胖的男子說：「所有的年輕人都得死。」

「是啊。」纖瘦男子說：「神的指示，不能違背。」

「看來他們沒發現我們。」離小女孩不遠的翼丞牽起佳璇的手說：「趁現在快逃吧！」

「等等，你難道要對她見死不救？」

「沒辦法啊！」翼丞環顧四周，見綁頭巾的中年男子越來越多，說：「現在情況危急，我沒有能力顧慮其他人了。」

「你明明就有！」佳璇甩開他的手。「雖然我不明白你剛是怎麼做到的，但你肯定有常人沒有的力量，所以拜託你，快去救她！」

擔心在這拖太久會被包圍的翼丞，硬是扯起佳璇的手臂。

「我說不行就是不行！快跟我一起走！」

「沒想到你是那麼自私的傢伙，真是錯看你了！」

「不是！我是為了保護妳……唉呀！」

翼丞因膝蓋被佳璇奮力一踹而疼到蹲在地上。

「喂！你們這群瘋子！」佳璇指向那兩位男子喊道：「你們敢傷害她的話就死定了！」

纖瘦男聽聞，冷笑：「不愧是年輕人，真有氣勢。」

肥胖男接著說：「是啊，不過空有氣勢可是改變不了現狀的喔。」

說完，肥胖男將刀尖對往小女孩的額頭，而可憐的小女孩已經嚇得無法動彈，只能跪在原地抱著自己姊姊的遺體發抖。

「可惡！」佳璇隨手拔起路旁的競選旗幟，不料旗幟的重量比她想的還要重，旗杆的頂端很快就撞至地面。

「哈哈！果然現在的年輕人就只會出一張嘴而已。」纖瘦男笑開懷，再來朝佳璇的方向前近，「現在就讓妳知道，你們這一世代的年輕人到底有多麼無能。」

眼見凶刀逼近，佳璇發抖大喊：「翼丞，你到現在還要視若無睹？」

「好啦！我出手就是了。」

翼丞右手向前一伸，纖瘦男與胖子兩人立刻往後彈飛出去，當他們雙雙跌落在地，皆臉色慘白地問：「這、這是怎麼回事？」、「你對我們做了什麼？

翼丞不理會他們的問題，他伸出食指、中指與無名指，冷聲說：「我數到三，如果你們還沒從我眼前消失，那我就對你們不客氣了。」

兩人聽聞，雖面露恐懼，卻還是緩緩朝他們走去。

「你們是沒聽到我說的話嗎？」

翼丞怒問。

「去死！」

兩人齊口咆哮，高舉利器狂奔而來，翼丞趕緊將雙手交叉，這兩個人就隨著他的手勢雙雙撞在一塊，暈死過去。

在兩人都昏厥後，佳璇立即奔至小女孩身旁，將渾身顫抖的她抱入懷中。

「沒事了，我們已經幫妳趕走壞人了。」

「嗚嗚——」

被佳璇抱入懷中的小女孩放聲號哭。

翼丞四處張望，發現還有其他包頭巾的男人朝他們包圍過來。

「這些瘋子到底是怎樣？」

「不知道，但從他們剛才說的話來看，好像對我們年輕族群有甚麼怨恨……」

聽佳璇這麼一說，翼丞才發現街上的受害者幾乎都是少年少女，看樣子這些中年男子的確是衝著年輕人來的。

「該死！我們到底是哪裡惹到他們？」

翼丞咬牙切齒，他實在無法原諒這些任意傷害他人的行為，如果真有甚麼怨恨的話，明明就還有更好、更理性的解決方式，為甚麼非得要傷害我們這些無辜的人呢？

不行……

不能再讓他們胡作非為了。

此時，翼丞心中燃起一股巨大能量，這股能量是來自人類最原始，也是最強大的情感，那就是——正義！

同一時間，頭巾男子一擁而上，翼丞立即舉起右手，跑在最前頭的男子瞬間飛上天去，接著，翼丞伸出左手對第二位男子往右揮，那名男子便高速撞入一旁的速食店內，使玻璃門化為細碎的裂片，最後，他將右手手指朝地下一指，第三名男子的頭立刻撞向地磚，還被拖行整整三米，把地磚畫出一道血紅的直線。

其他男子見狀，什麼話也沒說，只紛紛扔下利器，跑了。

見他們狼狽逃離的背影，翼丞直呼：「會怕就好！」

稍過一會，響亮的警笛聲逐漸從遠方傳來，翼丞拍拍佳璇的背說：「警察來了，我們先離開這裡。」

「那她怎麼辦？」

佳璇抱著小女孩，淚光閃閃地問。

「沒辦法，我一定要先走，你也知道我剛剛那種行為有多不正常吧？所以我必須在其他人趕來前離開，畢竟超能力這種事可不是笑笑就能呼弄過去的！」

「好，我知道了。」佳璇伸出手將小女孩臉上的淚水抹去。「乖喔！等一下警察叔叔就會來了，妳可以不用再害怕了喔！」

小女孩沒有說話，只是默默點了點頭。

親眼目睹姊姊死狀，翼丞在內心想，這可憐的女孩可能要經過很長一段時間，才能夠從喪親之痛中振作起來吧……

之後，佳璇挽起翼丞的手臂說：「好了，我們走吧！」

「那我要像剛剛那樣用跳的，不然警察快來了，如果要解釋我是怎麼對付這些人會很麻煩。」

「我了解。」

於是，翼丞在腳底凝聚念力後便一口氣跳過四層樓高的洋樓，帶著佳璇離開屍橫遍野的商業街區。

二、劫後抉擇

翼丞的住處是由民宅改建的宿舍，所謂民宅改建，就是將一棟三層樓高的透天民宅房間都改裝成獨立套房，而翼丞是住在一樓最靠近大門的房間。

帶著佳璇入房後，翼丞開啟二手顯像管電視機轉到新聞台，立見「最新！一西商圈發生隨機殺人事件！」的頭條字樣。

畫面中所呈現的是記者拍攝的畫面，不過那已經是事件發生十分鐘後的景象了。

猶如災區的街道上，救護車、警車、傷患與號哭的人們不停透過螢幕映入翼丞他們的眼簾。

在現場採訪的男性記者邊走邊說：「現在呢！大家可以看見這裡有

許多受傷的民眾，地上血跡斑斑，也有許多人倒在地上動也不動，根據現場目擊者表示，這是一群包黑色頭巾的狂漢所為……」

此時，畫面中出現一位大腿血流不止的少年被醫護人員抬到擔架上，記者立即奔去向他伸出麥克風。「不好意思，請問你可以跟我們說明一下剛才發生的事情嗎？」

那名少年神情痛苦。「唉喲！就有人突然殺過來……啊我們就一直跑，然、然後就看到有人一直被砍、一直被砍、一直被砍，被砍、被砍、被砍、被砍、被砍……」

「喂！你是沒看到他語無倫次了嗎？」醫護人員面有難色地說：「他精神現在還不穩定，請你讓開好不好？」

記者聽聞，馬上轉回鏡頭前說：「看來大家都對這次的隨機砍人事件感到相當錯愕，大多數人呢！都是在意識到時才發現自己身邊的人被砍了……」

話說到一半，一位戴著鴨舌帽的男子跑到那位記者身邊耳語，翼丞想他應該也是新聞台的工作人員，耳語完後，記者立刻說：「我們已經從醫院那得知最新消息，那就是現場傷患初估約有六十多人，而且還在持續上升中……」

翼丞聽聞到此，雙拳一陣緊握，心中湧起的怒火令他的指甲刺入掌心。

可惡！如果能早點知道今天發生的災難是隨機殺人事件，那他就可以搶在意外發生前把這些瘋子一網打盡了。

「媽的！」

翼丞朝一旁的書桌劈砍下去，鐵製書桌「砰！」地斷成兩截！

佳璇見狀，趕緊從後方抱住翼丞的身子。

「翼丞，冷靜點，這不是你的錯。」

「不……其實妳剛剛說的沒錯，我明明就有能力，卻因為太自私了，只顧著自己，所以……所以才會有那麼多人……」

不甘心的淚水從眼角上滑落。

對於是否要用超能力來貢獻社會一事，翼丞早已苦思多年，他時常在想，自己有如此能力，背後是否存在某種目的？

他會是上天派來守護世界的英雄嗎？還是單純只是人類演化中偶發的變數？

他不知道，他只明白一件事情，那就是他有阻止這一切的力量，但卻沒有選擇挺身而出。

見到無辜的人遭邪惡傷害，他的心中盡是悲憤。

佳璇看翼丞泣不成聲，輕撫他的背說：「抱歉，其實我剛才並沒有責罵你的意思，錯的人不是你，而是那些做壞事的人……」

「剛剛又收到最新消息！」電視中的記者突然大喊，將翼丞與佳璇的注意力引了過去，記者拿著一台智慧型手機說：「有民眾宣稱，在不久前，有位少年使用不明力量將這些狂漢一一擊退，而這段畫面被錄下來了！現在就讓我們直接來看這位民眾所提供的影片。」

語畢，記者點選手機頁面中的播放鍵，手機螢幕中的影片開始播放。

「殺啊啊啊——！」

影片遠方有數十位暴徒失心瘋朝一對情侶奔去，從鏡頭的角度可以推測這位民眾是在另一側街道拍攝的。

「真糟糕啊！他們大概完蛋了。」手機裡傳來男子低沉的嗓音，那是拍攝者本人的聲音，但不到一會，拍攝者便驚嘆：「哇靠！這怎麼回事？」

只見情侶中身穿灰色帽T的少年將手伸向天空，跑在最前面的狂漢竟如踩到彈簧般垂直往上空飛去！

「各位都看到了嗎？」記者驚訝地說：「這段影片並非合成！這位少年可是連碰都沒有碰到他們，但那些狂漢仍然遭到攻擊！雖然很難想像，但沒想到這世界上真的有特異功能的人！」

記者激動到口沫橫飛，翼丞也激動到渾身劇烈顫抖。

這下糟了……

雖說他是很想挺身保護無辜之人，但又怕這麼一來，世人會發現他有超能力一事，往後，受大眾矚目的他，再也不能像正常人一樣生活下去。

「超能力曝光了，這下我完蛋啦！」

「沒關係！」佳璇雙手放到翼丞的肩上。「有我在，不管你是怎麼樣的人，我保證我會永遠在你身邊！」

叮咚！門鈴響起。

在平時，除了佳璇外幾乎沒有人會來找翼丞，這讓翼丞不禁起了戒心，一個不好的念頭從他腦海裡閃過，那就是……在門外的該不會是偷偷跟蹤過來的狂漢吧？

思考同時，門鈴再度響徹。

「要開門嗎？」

「好……但是妳退後一點，如果出了什麼狀況，我比較好解決。」

說完，翼丞戰戰兢兢走出自己的房間，往大門方向走去。

雖然在街頭喋血事件後，他已經沒感受到任何惡兆，但還是不能掉以輕心。

先將念力凝聚在手上，形成一把無形的劍，如果在外面的人真的是剛剛那些瘋子，那他就會立刻劃破對方的頸動脈。

伸出左手轉開門把，右手下意識縮在腰後做好準備。

開門——！

「哇！找到人了！」

「他就是手機影片中那位少年！」

狂亂的閃光如同洶湧的巨浪瞬間將翼丞淹沒，原來是一群記者！

「先生，可以說明一下你剛才是怎麼辦到的嗎？」

「你是何時發現你有這種能力的？」

「請問能不能現場展示一下呢？」

媽呀！這些人到底是怎麼查到這裡的啊？

翼丞默想，只有一種可能性，那就是有人目擊他用念力飄來這裡！

那現在該說些什麼比較好？是要直接模仿東尼史塔克的口吻說：「對，我就是剛剛那位超能力者。」，還是像蝙蝠俠布魯斯偉恩一樣用電磁脈衝破壞記者採訪的工具？

天啊！我到底該怎麼辦？

翼丞腦海陷入當機狀態，他從未想過自己在媒體上曝光居然會這麼震驚。

「各位！能不能先暫停一下？」

清澈的女聲從背後傳來，是佳璇！

佳璇伸出手護在翼丞面前。「可不可以先讓我們休息一會？別忘了我們一樣也才剛經歷……」

一支麥克風堵住佳璇的嘴。

「請問妳是他的女朋友嗎？」

「妳過去是否就知道他有超能力了呢？」

「是不是因為他有超能力，所以妳才喜歡他？」

佳璇狠狠拍掉麥克風大吼：「夠了！你們現在立刻給我滾蛋！」

「喂！等等……」

佳璇不理會記者群，直接奮力關上大門，不過即使關上門，還是能夠聽到外頭記者七嘴八舌、嘰哩呱啦的聲音。

「搞什麼？這些人到底有沒有同理心？明明剛發生那麼可怕的事，卻只顧著盤問你。」

「是啊……」

翼丞臉色蒼白地靠牆滑落。

察覺到翼丞態度消極，佳璇搖著翼丞的肩膀說：「別在意他們，先休息一下吧。」

「唉！佳璇，我覺得好困惑……如果我早點公佈我有超能力，並像電影中的超級英雄一樣到處對抗犯罪，這樣子是否就不會發生今天的事呢？」

「能力越大……責任越大？」

翼丞聽聞，噗哧一聲：「怎突然冒出蜘蛛人的台詞？」

「因為的確就是這樣啊！從大眾的角度來看，有能力的人設法補足弱勢族群的缺陷，這樣兩邊都能平衡，社會因此和諧。不過，雖然我剛才也有叫你去救那位小妹妹，但如果你真的一天到晚都跑去救人，我想我會受不了吧……」

「咦？怎麼說？」

佳璇垂下頭，蹭著鼻子說：「因為你是我男友嘛，我當然不希望你整天都把注意力放在其他事物上。」

「這樣想也對，對不起，我只想到我自己，卻都沒顧慮到妳的心情。

「沒關係，我沒問題，倒是你的問題真的比較麻煩，因為現在事情已經發生了，加上現今網路發達，你有超能力的事肯定很快就會傳遍世界。所以我想我們現在別再想些有的沒的，而是要把力氣用在已經發生的問題上。」

「佳璇。」

翼丞突然將雙手放到佳璇的雙肩上，對她露出堅毅的神情。

「什、什麼事？」

兩眼對視讓佳璇感到耳根子發燙，臉蛋也不禁紅了起來。

「謝謝妳。」翼丞露出微笑。「還好我遇見思考這麼正向的女孩子，妳說的沒錯，我現在的確不該失落，而是要積極面對問題才對。」

「嗯嗯，對，就是這樣子。」

叮咚！門鈴三度響起。

「蛤？那些記者還不死心？」

佳璇面露厭惡的神情。

「沒關係，我已經決定了。」

「嗯？」

「雖然這樣說起來有些自私，不過比起拯救世界，我還是只想安分地待在妳的身邊，所以即使我承認我有超能力一事，但若非特殊情形，我還是不會將超能力用在治安與私事上。總而言之，就是希望大家別對我太過關注，我沒那麼偉大，而且比起我，這世界還有更多需要被關心的人、事、物，所以請社會大眾別因為我的出現而改變昔日的價值觀與生活方式。」

佳璇合起掌說：「聽起來很不錯呢！」

「那我去開門嚕！」

翼丞伸出手轉開門把，不過，外頭喧囂的記者群已經不見蹤影，只剩下一群身穿藍色制服的警察。

站在最前頭的員警板著臉說：「不好意思，請你現在立刻跟我們回局裡一趟。」

三、特殊罪案小組

幽暗的會議室內瀰漫著陰森的氛圍，這讓翼丞坐立不安，寒毛直豎。

被警察帶入警局內已經是二十分鐘前的事，不過在他們說「請在這稍等一下。」後，會議室內就只剩下他一個人。

翼丞不安地東張西望，會議室中間為一張矩形長桌，兩側則有八張辦公椅，翼丞坐在靠牆的一側，他的對面則是窗戶，因百葉窗簾覆蓋的關係，所以室內極為昏暗。

「久等了。」

身穿警察制服的中年男子進入會議室，他頭頂掉髮嚴重，是地中海禿頭，眼球外凸的模樣讓翼丞聯想到河童，而他背後還緊跟著三位人士。

第一位是穿著黑色制式衣裝的高挑女性，大波浪捲長髮垂至肩下，她面貌姣好，妝容冷豔，是標準的冰山美人。

第二位是名平頭男子，上身是深綠色軍風夾克，下身為牛仔褲，其凶惡的面貌與魁梧的體態，就像位身經百戰的戰場老鳥。

最後一位則是比河童警察還要老的老先生，他白髮蒼顏，老態龍鍾，身穿土色西裝，走起路來一拐一拐，其弱不禁風的姿態讓翼丞不禁為他擔憂，好在前頭的平頭男回首攙扶他，所以沒什麼大礙。

這三位男子與捲髮的冷豔女士在翼丞對面坐下，四人神情嚴肅，俐落翻閱手上的文件，翼丞忽然有種自己做錯事所以被大人喚來責備的錯覺。

老河童說：「不好意思這麼突然，我先自我介紹一下，我是這間警局的局長白陶明，而我左手邊的這三位同仁則是『特殊罪案小組』的成員。」

「特殊罪案小組？」

「本小組自從成立後並未對外公佈，也難怪你會有如此反應。」捲髮女警冷聲說道：「我是Gwendoline，是這個小組的組長，平時直接稱我為『關』就行了。」

平頭男雙手環胸：「我是豹威，反恐特勤隊隊長，主要負責武力支援。」

老男人說：「我是李明約，是犯罪心理學的博士，你好。」

「你好！你好！」

翼丞點頭示意。

所有人自我介紹完後，老河童說：「如同字面所稱，本小組專門處理特殊罪案，特別是嚴重危害社會治安的重大案件，像今日發生的一西商圈隨機殺人事件就非常嚴重，所以我長話短說。我想請你加入我們小組，希望能藉由你的力量來解決此次案件的禍源。」

「禍源?你們難道已經知道幕後主使者是誰了嗎?」

局長將身子傾向前來。「是的，這次的事件是國內最大的激進邪教團體所為，他們自稱『日月冥功』，早在兩個禮拜前，他們就已經在暗網上發佈這次的犯罪預告。但礙於對方有頂尖駭客協助，我們一直無法搜查對方的ＩＰ位置，而且他們也沒提及犯案時間與地點，僅預告兩個禮拜後會為台灣投下一顆震撼彈。」

「等等，你說的這個日月冥功，他們犯罪的目的到底是什麼？」

「拯救台灣。」

李博士說。

「蛤？」

翼丞還以為自己聽錯了，不過見李博士神情嚴肅，他便明白這是事實。

李博士繼續說：「他們認為台灣現在會如此腐敗，就是因為八、九年級的年輕人太過墮落，是國家的毒瘤，所以要將你們肅殺殆盡，才能讓台灣回到以往的黃金時期。」

「這……這是什麼鬼理由？」

翼丞實在無法接受，身為高中生的他，雖對於老一輩的批判早已習以為常，什麼草莓族、豆腐族的稱呼都司空見慣，但是為了拯救國家，把所有年輕世代的人都殺掉還真是第一次聽到。

局長說：「不過你今天突然的現身，反而打亂了他們的計畫。」

「打亂計畫？」

關小姐說：「根據剛剛從監視器與現場收集的資訊，死者人數已經上升為三十二名，傷患則為一百一十七人。」

「這麼多啊……」

「但要是你沒出現，我敢保證傷亡人數將不只這些。」局長將雙手合十：「從監視器調閱的畫面可以發現，對方出動約五十名成員，每一位成員都各持一把利器，平均一人可以殺害一至四位民眾，要不是你用超能力嚇退他們，後果我真的不敢想像。」

豹威接著說：「是啊，本案最麻煩的地方，就是他們可喬裝成平民隱身在人群之中，這等於社會大眾都是他們的人質，但如果你能在媒體上威嚇他們，我想應該能暫時終止他們接下來的攻擊計畫。」

「原來如此……不過不好意思，我沒辦法幫你們。」

「為什麼？」

豹威問話同時，還用手劈了桌面一下。

局長說：「豹威，別那麼激動。」

「什麼別激動？」豹威指著翼丞說：「這小子既然有能力，就應該為社會做點事，誰曉得那群王八蛋何時會再上街殺人？」

「呃……其實我是認為，就算沒有我，你們警方還是有能力對付他們吧？」

「廢話！但既然現在找到更好的解決辦法，當然就要運用！」

「可是突然要我跟你們一樣扛起維護社會秩序的重責大任，我真的沒辦法……」

「你只是單純怕麻煩吧？」關小姐說：「雖然現在說這樣的話不太好，但顯然現在的年輕人缺乏上進心，無論發生什麼大事都只想躲在自己的窩裡冷眼旁觀。」

「這有什麼不對嗎？」翼丞不滿關小姐的言論，氣憤地說：「我又不是工具，我只想安分過我的生活難道就不行嗎？」

「剛剛新聞內，在你身旁的女孩是你的女友對吧？」

「是啊。」

「那請你試著想想，如果你女友哪天突然被喬裝平民的狂漢殺害，你還能像現在一樣露出一副事不關己的樣子嗎？」

「這個……我……」

豹威說：「明明有這麼強大的力量，卻不積極為社會做好事，說實話，我真覺得你沒資格擁有超能力。」

「你說這什麼話？」翼丞嗓音提高，臉色赤紅：「現在可是你們來求我加入，你們的態度不該這樣吧？」

局長連忙安撫翼丞：「別生氣、別生氣，豹威他平常就是急性子，所以說話比較衝，還請你多多見諒。」

「見諒個屁！我要回去了。」

翼丞認為這些人態度不佳，且他們的要求明顯背離他想安然度日的決定，所以已沒有繼續交談下去的價值，不料他才剛起身，對面的關小姐卻躍上桌面

「嗚哇！」

眼睛還來不及捕捉關小姐的身影，就已經被她給狠狠壓制在地。

「疼嗎？」

「當然！快給我放手啦！」

翼丞怒吼，將念力凝聚在手上推向關小姐，但關小姐一個後翻，俐落閃過翼丞的攻擊。

「太弱了。」

關小姐撥了下捲髮說。

翼丞禁不起挑釁，於是雙腳向地一撐，將倒地的身子豎起。然而，他才穩住身子沒多久，關小姐立刻伸出左手掐向他的脖子，這一掐，翼丞頓時眼冒金星，頭暈目眩，這是頸動脈因瞬間壓縮造成急性腦缺氧的反應。

「反擊我。」關小姐面無表情地說：「如果再不反擊的話，你可能會因腦缺氧而變成植物人喔。」

「嗚……」

翼丞奮力提起逐漸無力的右手往關小姐的胸口擊去。

雖然沒有觸碰到對方，但一股無形的力量瞬間將關小姐給彈飛到二米外，關小姐重重撞至後方牆上，翼丞則是跪倒在地，不停咳嗽。

「搞什麼啊？」翼丞撫著頸子，嘶啞地吼：「妳知道我對念力的調節還沒有掌控的很完美嗎？我可能會一不小心把妳的心臟給炸掉啊！」

關小姐順著牆面站起，雖然後方牆上的白漆已裂出痕跡，但她的表情仍然沒有任何變化。

「我想，你還沒搞清楚狀況，你現在是超能力者這件事情已經曝光了，先不管民眾對你的看法如何，在你用超能力擊退日月冥功後，日月冥功會對你產生什麼樣的想法，請好好思考一下吧！」

「啊！」翼丞愕然一聲，因為他直到現在才意識到問題的嚴重性，即使他現在不協助警方，他平日的生活仍會因今日阻止日月冥功一事而崩毀。因為日月冥功的成員肯定會視他為敵人，這樣的話，不僅他，就連佳璇都會有危險！

「這下懂了吧！」豹威從座位上站起來說：「無論你是怎麼想的，你都沒辦法改變日月冥功對你的敵意，所以我勸你還是加入我們比較好，我們警方也會為你家人與女友提供保護。」

「還有……」關小姐緩步走到翼丞面前。「根據可靠消息指出，日月冥功某些成員可能私藏軍武，像我剛剛那樣的攻擊或許你還有辦法解決，但若是槍械呢？你有想到這方面嗎？所以就讓我們互相合作，一同解決這些社會敗類，好嗎？」

一滴汗水從翼丞的下顎滴落。

他現在心中盡是歉意，本以為自己早已思考周全，但沒想到居然還有那麼多問題沒有想到，對於剛剛的態度他感到很抱歉，於是他彎下腰說：「對不起，請原諒我剛才的無禮。」

「沒關係。」局長露出笑容：「只要你能加入我們就好了。」

「好，我加入你們。」

「這樣就對了。」

豹威咧嘴而笑。

「但我有個條件！那就是你們真的要信守承諾，絕不能讓日月冥功傷害我女友一根汗毛！」

「這沒問題，老實說，在把你帶過來的同時，我們就派人手過去了。」

「是喔？所以其實你們早就預設好我會加入就是了？」

豹威說：「不是預設，是強制性的，即使你死不答應，我們還是會硬逼你加入。」

翼丞坐回椅子上，將身子向前傾說：「那麼，你們想要我為你們做些什麼？」

局長說：「我希望你能成為打擊日月冥功的象徵。」

「象徵？」

關小姐接話說：「我們對策小組是祕密組織，即便今日發生如此大事，為了對付潛藏在人群中的犯罪者，我們仍不能對外公佈。」

局長說：「對付邪惡最好的方式，就是一同潛伏在黑暗之下，但今天的事件已經嚴重打擊了整個台灣社會，所以我們需要有一股力量為大眾重拾希望。」

「所以……是要我出面擔任類似英雄的角色？但民眾們真的會像電影一樣認為我是超級英雄，而不是把我當成怪物嗎？」

局長露出笑容：「這你就放心吧！我們已經與媒體合作，絕對會把你塑造成救世主的。」

「好，不過我對日月冥功還是不太了解，他們到底是什麼人？」

翼丞問道，李博士開始說明。

日月冥功是國內極端暴力的邪教組織，旗下成員初估約有四千多人，各個都是缺乏道德倫理的凶神惡煞，整天在網路上發表針對台灣年輕族群的激進言論，企圖撕裂台灣社會！

關小姐翻開桌上的文件夾，將其遞給翼丞。

文件夾的內頁有好幾張照片，從拍攝角度一看就知道這些都是警方偵查時偷拍的照片。關小姐伸手指著一位身穿白袍、身材肥胖的男子照片說：「這位戴著粗框眼鏡的中年男子，就是日月冥功的教主，他的名字叫梁逸傑，過去曾有詐欺、猥褻女童、妨礙風化、重傷害等前科。」

李博士說：「他聲稱自己被上帝選為台灣的救世主，被賦予消滅怠惰年輕族群的使命，值得一提的是，他還是個重度御宅族，在過去猥褻女童的罪案中，警方就在他家搜出大量的色情動漫與遊戲光碟。」

豹威說：「這傢伙整天說現代年輕人是沒用的廢物，結果自己也是殘害國家幼苗的敗類。」

局長說：「梁逸傑長期沉迷於虛擬世界，分不清幻想與現實，這種瘋子，絕對要儘速繩之以法。」

在一西商圈隨機殺人事件三天後，翼丞依照特殊罪案小組的要求，在記者會上對日月冥功公然挑釁，其目的是吸引日月冥功的注意，讓警方能藉機從旁攻破他們，且還能夠安撫民心，讓社會大眾不再恐慌。

「日月冥功，你們看到了嗎？」

翼丞拿出日月冥功教主梁逸傑的照片，將其飄浮上空，接著彈指一聲，照片瞬間化為細碎的雪花。

記者一陣猛拍，翼丞在大量閃光燈下，使用念力讓自己飄浮在半空中。

「我擁有『力量』，我才是台灣的救世主！只要有我在，你們就休想傷害年輕人，否則，我一定會一一把你們給揪出來，並像那張照片一樣把你們分解到屍骨無存！」

語畢，翼丞的身影再度淹沒在大量閃光燈之中。

「佳璇，希望妳能諒解，我這麼做都是為了保護妳……」記者會結束後，翼丞來到佳璇家，希望她能夠理解翼丞公然挑釁日月冥功的理由。

只見佳璇雙眸淚光閃爍地說：「你知道嗎？我真的很擔心你哪天會不會就這麼被那些狂漢給……」

「別擔心，我有警方保護，而且我還有超能力，那些狂漢不可能碰到我一根汗毛。」

「即使你這樣說，我還是很擔心……」

翼丞輕撫佳璇的肩臂。

「抱歉，我原本答應妳不逞英雄，不過我後來意識到，如果不趕緊收拾這些社會敗類，那這場噩夢將永無止境，所以我決定挺身而出。這不僅是為了社會大眾，也是為了讓我們將來的小孩能夠不受這些狂漢的威脅。」

「咦？」佳璇的眼睛睜得斗大。「翼丞，你剛剛……」

「我已經下定決心了！等我將來大學畢業，一定要娶妳。」

此話一出，佳璇的臉頰瞬間紅得像蘋果一樣，她慌張地說：「你、你別在這種時候開玩笑。」

「我不是在開玩笑。」翼丞緊握佳璇的雙臂。「妳在得知我有超能力後，不但沒有怕我、厭惡我或鄙視我，反而還更加關心我，所以我一定會好好珍惜妳，因為妳對我的愛是真的。」

佳璇垂下頭，強壓因緊張而顫抖的嗓音說：「我、我其實只是單純認為，就算你有超能力，你還是那位善良又體貼的翼丞，我怎麼可能會因為這樣就……」

沉默，降下。

翼丞將佳璇抱入懷中。

「對我來說，這樣就夠了。」

由於過去曾因為超能力的關係而被母親拋棄，所以佳璇的出現對翼丞來說真的具有很重大的意義。人的心很脆弱，受到傷後很難癒合，但如果遇到對的人，那麼就能夠藉由她的愛來填補心中的缺口，使自己的心靈再度回到原先的完美。

湯姆克魯斯在電影征服情海中所說的「You Complete Me」就是這個意思。

那天之後，日月冥功果然禁不住翼丞的挑釁，開始大規模駭入各大媒體機房，結果卻因行動過於魯莽反而留下大量線索。對策小組反向追蹤，乘勝追擊，藉由破解出的數據資料揭發日月冥功暗藏在全台各地的分部，再由豹威率領的反恐特勤隊一一攻破，遭捕的成員全部移送法辦，接著，光陰似箭，日月如梭，兩個月很快就過去了。

這段期間，翼丞與關小姐、豹威學習各式防身術、近身防衛戰術與室內攻堅技巧後，也跟著加入特勤小組進行反恐行動，並以災難預測能力替特勤隊員感知教徒埋藏在分部據點中的陷阱炸彈。若攻堅途中，對方持槍反擊，翼丞也會使用念力奪去他們手中的武器，讓警方傷亡人數降至最低。

在多次反恐行動後，翼丞成了新生代民間偶像，除了媒體成天瘋狂報導他的相關新聞外，網路上也出現大量追隨者，全台掀起一股救世主翼丞的信仰狂熱！大家都認為只要有翼丞在，那麼日月冥功根本就沒什麼好怕的。

最後，日月冥功再也沒有在暗網上發表任何犯罪預告，特殊罪案小組推測，對方人手可能所剩無幾，只要找到他們的總部，也就是幫主藏身之處，那麼日月冥功便正式宣告瓦解，這樣一來，社會就能回到昔日的安寧。

一日夜晚，翼丞與對策小組一同在會議室內，討論最後一次的攻堅行動。

關小姐用雷射筆指著投影機布幕說說：「我現在指的地方，就是日月冥功的總部。」

翼丞望向雷射紅點所指之處，那是一棟廢棄在叢林中的西式教堂。

「這座教堂在十年前就已經荒廢了，然而因處於人煙稀少的深山，反而成了鼠輩最好的躲藏之處。」

隨後，關小姐開始說明此次作戰流程：

一、先讓翼丞從教堂大門闖入，威脅教主梁逸傑立即現身，否則當場將整棟建築物摧毀。

二、若梁逸傑應聲出面，再由豹威率隊突襲教堂，將其逮捕。

「要是對方持槍反抗，翼丞你得自行臨機應變，但別太緊張，豹威和特勤隊就埋伏在教堂外，若發生突發狀況，他們會立刻進去支援你的。」

「好，我了解了。」

iPHONE 預設的鈴聲響起，翼丞拿出手機，來電顯示為佳璇。

「不好意思，我接一下電話。」

翼丞頻頻向關小姐點頭致歉，關小姐只冷冷地說：「快去快回。」

離開會議室後，翼丞在長廊上接起電話。

「佳璇，怎麼了嗎？」

「沒什麼事啦！只是想關心你一下。」

翼丞聽聞，感覺全身飄飄然。

繁忙之中的一點關心，總能讓人感覺良好。

「謝謝妳！其實今天很可能是最後一次出任務，如果一切都順利的話，我想以後應該就能繼續跟妳在一起了。」

「是喔？那就祝你今晚順水順風，逢凶化吉。」

「我會盡力的！」

「對了，你知道最近西區廣場舉辦的燈會嗎？」

「知道，怎麼了嗎？」

「因為今天是我弟的生日，所以我想帶他一起去看。」

「今天是妳弟生日啊？那幫我跟他說聲生日快樂，不過我覺得還是別外出比較好，雖然日月冥功瀕臨瓦解，但還是不能大意。」

「我們有警察隨扈，沒問題啦！」

「好吧！但記得如果有感覺身邊某個人怪怪的，一定要趕快逃喔。」

「我知道啦！這你已經說過很多次了。」

「抱歉，我只是不希望妳出什麼事情。」

「別擔心我，你現在協助警方對付日月冥功還比我這邊危險好幾百倍，我覺得你還是先把心力都放在那裡比較好。」

「妳說的對，謝謝妳！我會盡快結束這一切的。」

「嗯！我等你喔！」

雙方掛斷電話後，翼丞緊握雙拳，露出堅毅神情。

今晚就是最後戰役了！翼丞深吸口氣，拋開心中的雜念，以最嚴謹的態度踏入會議室內。

四、教堂血戰

寧靜的深夜滿天星斗，幽暗的樹林中蟲鳴響徹雲霄。

翼丞與對策小組率領的二十位特勤隊員抵達位於深山中的廢棄教堂。

豹威一個手勢，二十名武裝隊員紛紛散開，將教堂團團包圍。

這棟廢棄教堂的大門是以木頭建造而成，翼丞依造關小姐的指示往木門一蹬，門扉隨著轟天巨響四分五裂。

踏入教堂內部，由於室內無光，極為黯淡，翼丞停下腳步，朝黑暗吶喊：「日月冥功教主梁逸傑，你人若是在這裡的話，那請儘速現身並且投降，如果十秒之後未見人影，我將把這棟建築物給轟掉！」

「哇哈哈哈哈——！」

瘋狂的笑聲驀然傳來，緊接著，蠟燭的火苗同時在教堂四周燃起，橘紅的火光四射，黑暗立即消散，躍入眼簾的景象令翼丞大吃一驚！

教堂的禮拜堂內佈滿數百幅動漫掛軸與海報，而且全都是穿著裸露的美少女圖案，泳衣、日式體育服、裸體圍裙等惹人遐想的服飾！

這是何等的邪惡?居然將神聖的教堂化為骯髒齷齪的情色場所！

「歡迎啊！台灣的救世主。」身穿白袍，戴著黑框眼鏡的肥胖男子在講台上高舉雙手說：「我等你很久了。」

「我們也等你很久了，你這惡貫滿盈的混帳！」

翼丞吼音落下，教堂四側彩窗頓時碎裂，二十位武裝人員闖入其中，持MP5衝鋒槍圍住梁逸傑。

豹威走向前，持USP戰術手槍抵住梁逸傑的太陽穴說：「梁逸傑！今天總算逮到你這人間敗類!要不是有法律，我他媽現在真想一槍打爆你的腦袋！」

接著豹威收起手槍，拿出手銬想將梁逸傑銬住，然而梁逸傑手臂過於肥胖，豹威還得換成腳鐐才能銬住他的雙手！

罪大惡極的犯人落入法網，這下，事情總算是告一段落了。

然而，當翼丞才剛產生這樣的想法時，一股寒意突然從脊髓竄上來，霎時他感到一陣頭昏眼花，天旋地轉。

這是怎麼回事？

不是已經成功逮到梁逸傑了嗎？為什麼還會感應到惡兆？難不成又有什麼災難要發生了？

「看到了，就在那裡！」

一位手握麥克風的男子現身在大門口，而他背後還跟了好幾十位揹著攝影機與手持麥克風的男男女女。

是記者！怎麼回事？

翼丞非常疑惑。

這次行動不是沒有對外公開嗎？為什麼這些記者會知道這裡？

「請問在裡面的人是否就是日月冥功教主？」

「不好意思，方便說明一下剛才的攻堅行動是如何進行的嗎？」

蜂擁而上的記者爭先恐後地搶著訪問翼丞，閃光燈也如暴雨中的閃電狂亂閃爍。

「靠！他們怎麼會在這？」

豹威蹙眉怒罵，顯然他也對記者反感。

一旁的關小姐說：「別生氣，是我通知他們來的。」

「咦？不是說在將梁逸傑帶回警局前先不要對外公佈嗎？這完全不符我們一開始的計劃吧？」

「完全符合計劃，只不過不是對策小組的計劃就是了。」

語落，關小姐拿出Ｔ７５Ｋ１手槍，對豹威的太陽穴扣下板機。

響亮的槍響在教堂內迴盪，豹威身子癱倒，閃光燈停了下來，現場所有人一致呆愣。

而後，Ｔ７５Ｋ１的槍口對準翼丞的眉心，讓翼丞不禁發出「咦？」的疑惑聲。

「真是謝謝你，為我們做了那麼多。」

「砰！」的一聲，教堂內的記者嚇得四處逃竄，翼丞則因子彈的衝擊力而向後滑行兩呎，不過他成功用念力將子彈擋了下來！

「妳做什麼？」

翼丞將眼前的子彈甩下，木製地面出現一記彈孔。

「不愧是超能力者，居然連子彈都擋得下來。」

關小姐露出難得一見的微笑，但這笑容在翼丞眼裡卻看得很不是滋味。

「所有人都別動，否則殺無赦！」

一位特勤隊員朝教堂天花板開火，嚇得在室內逃竄的記者都蹲了下來，其他特勤隊員則同時將槍口對準翼丞。

「這到底怎麼回事？」

翼丞怒問。

「就是這麼回事。」

語落，關小姐走至梁逸傑身邊，將他雙臂上的腳鐐解開。

「這段時間真是辛苦妳了，關。」

梁逸傑笑道。

翼丞聽聞，飽受震驚。

「……關小姐，別跟我說妳是日月冥功的教徒。」

「很可惜，她的確就是。」梁逸傑說：「瞧你一臉驚訝，我就好心跟你解釋一下來龍去脈好了。」

接著，梁逸傑的香腸肥唇吐出了足以撼動兩千三百萬人的事實！

原來關小姐是梁逸傑派去警方內部的間諜，自從她接手特殊罪案小組後，便開始進行滲透、感染與破壞，先是以女童性交易賄賂李博士，再用金錢收買其他警員，像現在，教堂中的特勤隊員都是被日月冥功吸收的成員。

「為什麼？」翼丞咬牙切齒地問：「你這麼做的目的到底是為甚麼？」

「當然是救台灣啊。」

「救你阿嬤啦！」

翼丞破口大罵。

「翼丞，注意你的口氣！」關小姐說：「現在跟你對話的人可是偉大的教主大人。」

「哪裡偉大？明明就只是個頭殼壞掉的肥宅！」

「翼丞！」

「沒關係。」梁逸傑伸手制止欲摑翼丞耳光的關小姐，接著對翼丞說：「你知道……要如何讓人陷入最極致的絕望嗎？那就是在他快要觸碰希望的那一剎那砍下他的四肢，讓他只能眼睜睜看著希望遠離，最後抱著悲憤又無力的心情懷恨死去……懂我的意思吧？」

「鬼才懂哩！」

「其實在一西街攻擊事件中，我本來是命令關小姐公開特殊罪案小組的存在，並令其成為像你現在如救世主般的存在，等大家都安心後再將其摧毀，這麼一來就能完全重擊你們這些玻璃心的年輕人，不過因為你意外出現，我只好將錯就錯，但現在看來，利用你的效果反倒比當初預估的還要好，當初不殺你，留你活口的選擇果然是對的。」

「……」

翼丞啞口無言。

在電影中，反派總是很愛把計畫搞得很複雜，但仔細思考就會發現，這些計畫內容根本毫無邏輯可言，只能說梁逸傑就是個瘋子，他那被色情動漫荼毒的腦袋所產生的想法，常人是不可能理解的。

「我了解，你打從心底認為我瘋了，但你知道嗎？台灣學生在國際上的競爭力每況愈下，明明環境已經比十幾年前好上許多，但你們這些年輕人卻不善用資源，整天只會滑手機，遇到不懂的問題就直接Google，一點思考能力都沒有。」

梁逸傑說到這裡，還深深嘆了口氣。

「唉！我們國家之所以會垮，就是因為你們這些年輕人太過怠惰，所以神才會派我來終結你們這些禍害。」

「夠了！」翼丞受不了梁逸傑的瘋言亂噢，直呼：「我現在就把你給轟出去！」

「不會讓你得逞的。」

關小姐迅速朝翼丞連開三槍，成功中斷他本要對梁逸傑使用的念力。

「槍對我沒用啦！」

翼丞吼道，三顆子彈懸空停在他的眼前。

關小姐冷笑一聲，隨即低身衝來，翼丞趕緊擊出左掌，將眼前三顆子彈高速擊出，然而關小姐一個側身，竟躲過翼丞的攻擊，只見她身後的牆壁凹出三個彈孔。

眼見攻擊失敗，翼丞馬上擊出右掌，轟出念力，但關小姐旋空側翻，又巧妙迴避了另一波衝擊，翼丞此時才發覺到，關小姐身手矯健，反射神經超乎常人，他必須用大範圍的衝擊波才有可能將其擊退，但為時已晚，關小姐早以迅雷不及掩耳的步伐繞至翼丞背後，用手刀對他頸子狠狠一劈，翼丞登時眼冒金星，往地上癱倒而去。

「可、可惡⋯⋯」

翼丞因關小姐的重擊而無法動彈，只能在地上痛苦呻吟。

「唉呀！身為超能力者，居然連一個女人都打不過。」

梁逸傑說完，還將腳踏至翼丞的頭上。

「你簡直是現代年輕人的代表，自以為很有能力，其實甚麼事都辦不到，說白一點就是垃圾，果然沒有讓你們繼續活下去的必要。」

「⋯⋯神經病，都給你說就飽了。」翼丞嘶啞地喊：「反正國家腐敗都是我們年輕人的錯，跟你們這些被收買還是腦子破掉的大人完全沒關係就對了啦！」

「住嘴！」

關小姐朝翼丞鼻頭奮力一踢，立刻讓他痛到整張臉扭成一團。

接著，梁逸傑向前比個手勢，特勤隊員便對記者群大吼：「你們所有人，都給我把攝影機扛過來！」

一西廣場為西區最熱鬧的商業中心，四周環繞著耀眼的霓虹燈看板與巨大的電視牆，即使到了深夜，這裡依舊絢麗亮眼，所以一西廣場也有不夜廣場之稱。今夜舉辦的燈會更是吸引大量年輕人潮，人山人海猶如紐約的時代廣場。

佳璇一家四口在展區內觀賞各式各樣造型奇異的燈籠，他們身旁還有兩位便衣員警隨扈，但正當他們逛得盡興，四周的巨大電視牆忽然切入緊急新聞的畫面。

女主播神情緊張地說：「剛剛收到本台記者的第一線消息，就在稍早，警方對日月冥功總部的攻堅行動宣告失敗！而且就連協助警方的超能力者翼丞也遭對方俘虜！現在我們立刻為各位播送現場最新畫面。」

畫面一切換，充滿動漫掛軸與海報的教堂內部佔據整個電視牆，在畫面中央，能夠清楚看到一位少年倒地喘息，佳璇見狀，失聲吶喊：「翼丞！」

身穿白袍的胖子走入螢幕，一把扯起翼丞的頭髮說：「各位晚安，對於在假日破壞你們的遊玩興致這點我很抱歉，不過為了台灣，我得在各位面前做一件事情才行。」

隨後他抽出手槍，抵在翼丞的後腦杓上。

「再見了，曾被尊稱為台灣救世主的你。」

槍聲一響，所有觀看電視牆的民眾都嚇了好大一跳，佳璇更是摀住臉頰，不敢相信自己的男友就在眾人眼前遭到處決。

翼丞倒下後，白袍胖子雙腳踏到翼丞的身上笑開懷。

「電視機前的各位都看到了吧？這位曾宣稱要一個個把我們分解到屍骨無存的英雄，如今卻死得比垃圾還不如，哈哈！真是諷刺啊！不過先別急著難過，各位還記得兩個月前的一西街的事嗎？我在這裡告訴各位，待會，一西廣場也會發生同樣的事情喔！」

電視牆前的民眾聽聞，臉色全都綠了。

廣場內開始響起尖叫與哀號，各家父母帶著自己的孩子四處奔逃，就怕多留在廣場一會，孩子就會命喪黃泉。

「姐姐，快逃吧！」

佳璇的弟弟緊拉著崩潰的佳璇，但佳璇已經哭到無法自拔，明明一小時前才剛通過電話，沒想到現在兩人竟天人永隔。

「別哭了小姑娘。」一旁的便衣員警說：「我們會送妳去跟他會合的。」

當佳璇意識到這句話不對勁時，槍口已對準她的眉心。

教堂內迸出一道火光，一位扛著攝影機的男子隨即倒地不起。

「現在沒記者的事了，全都處理掉吧！」

「是！」

特勤隊員對手無寸鐵的記者開火，子彈咻咻地穿過眾人身體，為教堂的地板點綴一片又一片的血花。

「報告長官，目標已全數清除。」

一位特勤隊員說。

「很好。」梁逸傑嘴角上揚。「親眼目睹翼丞之死，這些零抗壓性的年輕人肯定嚇得哭爹喊娘，接下來只要等『國土淨化計畫』啟動，就能跟這些廢物說再見啦。」

所謂的國土淨化計畫，就是全國日月冥功成員在同一天同時對各地學校發動恐怖攻擊，而梁逸傑會如此憎恨年輕人的原因就要回溯到五年前了。

五年前，因猥褻女童入監服刑的他假釋出獄後，為了慶祝重獲自由的人生，便參加當年的動漫展，雖然因長時間未接觸外在環境的關係，展區內大多數作品他都不熟，不過只要畫風夠萌，就能吸引他的眼光。

然而，他好不容易在動漫展中的一場活動，搶到他看上眼的動漫手提紙袋，結果就在他離開展區不久，一位少年在路上不小心撞到了他，當場讓他的動漫手提紙袋內凹五毫米，身為一個重度御宅族，任何毀損動漫商品的行為都是不被允許的，於是，梁逸傑在暴怒之下揍了少年一拳，少年便打電話叫了十幾個人來，聯手把梁逸傑打到住院。

仇恨就是這麼結下的。

梁逸傑住院期間，開始在各大論壇發表抹黑年輕人的言論，而當時正逢各大企業老闆接連在媒體表示對現代年輕人失望的時期，因此，梁逸傑的抹黑文很快就受到其他仇視年輕人的中年人支持。

就在他的文章被瘋狂轉貼後，梁逸傑突然發覺，若是能利用這些人的憤怒來消滅年輕人，那就能夠洗清他那時動漫手提紙袋被撞凹的心頭之恨。

邪教日月冥功就此誕生，其教義只有一條，那就是八、九年級生必須死！不過未成年少女可以藉由與教主雙修之聖儀式來換取生存權。

而在梁逸傑妖言惑眾之下，教徒日益增多，教團勢力也越來越龐大，到最後，竟連司法機關都被日月冥功給滲入！

「我聽見上帝的指令了！」梁逸傑對教堂內所有特勤隊員說：「國

土淨化計畫，明年一月五日正式啟動！」

「遵命！」

全員齊聲喊道，隨後便一同離開屍橫遍野的教堂。

終、被撕裂的正義

「醫生！我兒子溺水了，求求你救救他！」

「他失去呼吸心跳多久了？」

「從他被拉出游泳池算起，大約有五分鐘！」

「我了解了，喂！那邊的，趕快幫他戴上氧氣罩。」

眼前一片朦朧，耳朵也像是被布覆蓋一般，雖然能聽見人群的呼喊，

但就是覺得悶悶沉沉的……

身體……好沉，意識……好沉……

「不行了，缺氧十五分鐘，已經沒有辦法了……」

「死亡時間，下午兩點二十一分……」

「你們收拾一下，我去通知他們的家屬吧！」

「等等！醫生，他有心跳了！」

「什麼？腦死十五分鐘後居然還能夠重新復甦？喂！快點立即幫他做心臟按摩，別讓他就這麼死在這裡！」

耳邊傳來心臟去顫器的刺耳聲響，讓翼丞嚇得從教堂的地上彈起。

「哇啊啊啊——！」

他狂亂撮弄著頭髮，因為在意識斷掉前，他最後的記憶就是被槍擊的劇痛！不過摸著、摸著，梁逸傑在他頭上轟出的大洞早已消失，不……正確來說應該是已經癒合了！

其實翼丞還有一項特殊能力，那就是超速再生。

在他四歲那年，他因溺水缺氧導致腦神經產生異變後，之後無論受到什麼樣的傷都能夠快速復原。他還記得國小在學校比賽大隊接力時不慎跌倒，因傷口恢復速度驚人，前去查看他傷勢的老師還一度以為自己看錯了，還好當時他一口咬定老師看錯了，不然照實回答恐怕會引起不必要的關切。

破曉的晨光從彩窗投入教堂，翼丞看著地上大量失溫的軀體，立馬想到身處一西廣場的佳璇。

糟糕！依先前發生的事情，國內現在肯定天下大亂，得趕緊去查看佳璇是否安全才行。

於是翼丞奮力向上一跳，直接撞破教堂屋頂，往市區高速飛去。

翼丞以兩馬赫的速度飛到一西廣場，但一西廣場早已化為人間煉獄。各式各樣的燈籠摔成碎片，四處的電視牆也遭人丟擲鈍器而噴出火花，許多少年少女躺倒在血泊中奄奄一息，現場隨處可見人體斷肢與臟器的殘渣，只能用慘不忍睹來形容。

翼丞心跳劇烈，他跨過諸多屍骸，焦急地尋找那曾帶給他希望的背影，一方面卻又不希望真的找到，不過世事總是不如人意，翼丞才剛進廣場沒多久，就找到了佳璇。

她雙眼輕闔，動也不動，像是睡著了般，眉心還有一記殷紅的缺口，鮮血從裡頭蛇行流下，她與弟弟互相緊擁，姐弟倆同月同日共赴黃泉。

翼丞癱軟在地，失聲長號，心像玻璃般碎了一地，沒有佳璇的世界，眼前頓時化為一片黑白。

有位在狂漢刀下倖存的少年發現翼丞抱著佳璇的軀體痛哭，驚訝地問：「你不是死了？怎麼會在這裡？」

翼丞悲憤之中，口齒不清地告訴他自身具有超速再生一事，該位少年聽聞，破口大罵：「既然你能超速再生，為什麼不趕快來救我們？」

怒吼聲吸引了其餘倖存者的注意，倖存者們像災區難民般團團圍上，紛紛對翼丞哭訴吼叫。

「不是說好會保護我們嗎？結果現在呢？我朋友都死了！你要怎麼補償我？」

「什麼人都沒救到，還敢自稱自己是救世主？」

「你有什麼資格哭啊？是沒看到這裡死一堆人嗎？這都是你害的！如果你當初不要挑釁那些人，事情也不會演變成這樣！」

「媽的！不懂就不要亂說話！」翼丞憤怒吼道：「我之前做的一切都是被人利用的，那些話和那些舉動根本就不是我的本意。」

手臂滲血的少女露出不屑神情：「什麼嘛！居然開始推卸責任了，真是不要臉。」

「對啊！既然扛不起責任，當初就別出面當英雄啊！你看看現在我們對你有多失望！」

翼丞回嘴道：「我本來就不打算當英雄，是他們要我當的，誰知道就這樣中了他們的計！」

「別再狡辯了，你這說謊的怪物！」

一顆石子朝翼丞臉上扔來，在他臉上印出紫紅色的瘀血痕跡。

「你幹什麼？」

翼丞怒問，只見倖存者紛紛撿起地上的垃圾、石子與碎裂的瓦片，開始接連朝翼丞丟擲。

「滾啦！怪物！」

住手……

「你還是回克利普頓星吧！」

夠了……別再罵了……

「台灣根本不需要你這一事無成的廢物英雄！」

「哇啊啊啊！」

翼丞朝前方伸手，少女的身子立刻飄至空中。

「喂！他生氣了啦！」

「誰快去阻止他！」

一位青年持鐵棍冷不防往翼丞背後敲去，但翼丞回首瞪去，鐵棍便刺入那位青年的腹部。

翼丞轉頭對懸空的少女握起右拳，那位少女身體立即坍塌凹陷，被擠壓出的鮮血如暴雨般噴灑在眾人臉上。

眾人被這幕嚇得目瞪口呆，翼丞卻感到心裡有種說不出的暢快，自己彷彿是頭掙開枷鎖的野獸，失去佳璇的世界，再也沒有事物能夠束縛他。

接著，他對青年一瞪，青年的下顎便從臉頰上撕裂開來，殷紅的鮮血像瀑布一洩而下。

對女童伸出食指，女童的心臟便從背後彈了出去。

對號啕大哭的男童勾起食指，血淋淋的腸子便從男童口中吐了出來。

對不停狂吠的拉布拉多踢出右腳，拉布拉多便彈飛至二十公尺外的電視牆上。

十分鐘後，廣場內除了翼丞外再也沒有任何生命氣息，翼丞不發一語，抱著佳璇的身軀往上空飛去，消失在湛藍的天際。

（完）

▶ 在少女眼中看見地獄 （讀品讀者回函卡）

■ 謝謝您購買本書，請詳細填寫本卡各欄後寄回，我們每月將抽選一百名回函讀者寄出精美禮物，並享有生日當月購書優惠！
想知道更多更即時的消息，請搜尋"永續圖書粉絲團"

■ 您也可以使用傳真或是掃描圖檔寄回公司信箱，謝謝。
傳真電話：（02）8647-3660　　信箱：yungjiuh@ms45.hinet.net

◆ 姓名：　□男　□女　□單身　□已婚

◆ 生日：　□非會員　□已是會員

◆ E-Mail：　電話：（　）

◆ 地址：

◆ 學歷：□高中及以下　□專科或大學　□研究所以上　□其他

◆ 職業：□學生　□資訊　□製造　□行銷　□服務　□金融
□傳播　□公教　□軍警　□自由　□家管　□其他

◆ 閱讀嗜好：□兩性　□心理　□勵志　□傳記　□文學　□健康
□財經　□企管　□行銷　□休閒　□小說　□其他

◆ 您平均一年購書：□ 5本以下　□ 6～10本　□ 11～20本
□ 21～30本以下　□ 30本以上

◆ 購買此書的金額：

◆ 購自：　市(縣)
□連鎖書店　□一般書局　□量販店　□超商　□書展
□郵購　□網路訂購　□其他

◆ 您購買此書的原因：□書名　□作者　□內容　□封面
□版面設計　□其他

◆ 建議改進：□內容　□封面　□版面設計　□其他
您的建議：

剪下後傳真、掃描或寄回至「22103新北市汐止區大同路三段194號9樓之1讀品文化收」

廣 告 回 信
基隆郵局登記證
基隆廣字第 55 號

2 2 1-0 3

新北市汐止區大同路三段 194 號 9 樓之 1

讀品文化事業有限公司　收

電話/(02)8647-3663　　傳真/(02)8647-3660
劃撥帳號/18669219　　永續圖書有限公司

請沿此虛線對折免貼郵票或以傳真、掃描方式寄回本公司，謝謝！

讀好書品嘗人生的美味

在少女眼中看見地獄